西雅圖夏令營手記

——一位父親的親子時間

張維安／著

謝序

一九九八年夏初，維安兄和我結束了哈佛燕京學社（Harvard-Yenching Institute）一年的訪問（按，歷史悠久的哈燕社，每年均邀請數十名亞洲領袖大學和研究機構的人文社會科學「未來領袖學者」前往訪問，台灣按例有兩個名額），準備離開方才對她初播情種的麻州康橋（Cambridge, Massachusets）。送走維安一家大小四口所乘的機場專載巴士，雖然知道不久大家即會在平常又愛又嘆的福爾摩沙家鄉碰面，但仍有深深惆悵之感。理由無它，只是和維安兄可愛的全家在短短三百多天內，已結下相知相惜的不解之緣。

誠如維安兄在書中不只一次提及的，我們兩個都是一九五五年六月七日出生的（不過，他好像沒有把確切的年月日寫出來嘛！）。當在哈佛偶然間得知這項大消息之後，我即拿自己與維安的學問相比，比來比去，發覺實在不如，因此，就向他表示，「八成是哈佛先決定邀請你，爾後因我在出生年月日方面混到了好處，才使直性子的美國人糊里糊塗地把謝世忠也放入了名單。」維安當然客氣地說應是反過來才對。不過，自此，我們就開始善加利用同年同月同日生的神祕巧合，廣爲宣揚，果然一九九八年六月七日，兩人終於賺到了多位好友爲我們舉辦的熱情壽宴。

維安兄長期研究韋伯（Max Weber），對理性本身的分析一向精闢，但他在生活上卻是一心思細膩，並對萬物充滿感情的人。我們在哈佛一行多人，曾於一九九七年十月五日前往新罕布夏州（New Hampshire）的白瀑山（White Mountain）欣賞楓紅。多數同行者會在初見紅黃金橙百葉齊現的奇景之際，大嘆美妙，但後來即興奮褪去，換上旅疲。唯獨維安兄一人，自早晨七點三十分發現第一片變色小葉開始，一路喃讚造物之神，直到晚上十點送回他們家，仍不曾稍停。現在，他把豐富的感情移往與康橋和波士頓（按，康橋爲波士頓邊的中型城市）東西遙對的華盛頓州西雅圖（Seattle），寫出了這本輕鬆而又深刻的精緻小書，作爲他的同年，眞是又嫉又羨。唯一可以證明的，就是前述我對哈佛當初選拔情事的愈加可信。

我曾於一九八三年至一九八九年在華盛頓大學（University of Washington, Seattle）人類學系就讀。之後，即到台大人類學系服務，但自一九九〇年起，仍保持每年夏天

（一九九六年因囊空如洗除外）回到西雅圖小待兩個月，憶憶舊，看看人，順便寫寫小書小文。由於對西雅圖的熟悉，在康橋時，我就不時對同於哈佛訪問的多位台灣學者（包括維安書中提到的靜雯、竹師簡教授、潘英海兄全家等）吹牛。到後來，大家商議一九九九年夏天一起在西雅圖團圓。結果，維安和靜雯眞的帶著家人去了，英海一家也到了距西雅圖不遠的加拿大溫哥華（Vancouver, B.C.）「待命」，而我則黃了牛（理由是不小心當上了系主任，無法分身），只好在偶與簡教授的通話裡，表達內心小小的不安。

有不少人說，到美國的第一站，絕對不要選西雅圖，因爲，看了西雅圖，其他的地方都會變得很遜。這話容有誇張，不過，和東部波康兩城比起來，西雅圖市的觀察視野或平常可接觸到的範圍內，即有山（終年白雪蓋帽者＋住屋邊的連綿丘陵）有水（太平洋＋後院可及的大小內陸湖），而前者則只有單調而遙遠的大西洋水。然而，即使如此，各地實則仍有自己獨特的美麗之處。例如，新英格蘭（New England，指美國包括麻薩諸塞州在內的東北部六州廣大區域）四季分明的壯麗景觀（除了秋楓，夏天時所見之青綠茂密的大小樹種，幾乎全數在春天均開有各類淡雅清香的花朵，美的不得了！），在西雅圖就看不到。而西雅圖所在的西華盛頓州雖美，但爲落磯山脈北伸大山所分隔而出的東華盛頓州，卻是內子和我共認北美北線州際公路（即Interstate 90）沿途風景最「不能看」的一區（按，我們年已不小的小倆口於一九九七年八月十五日從西雅圖出發開車穿越美國，二十四日到康橋；又於一九九八年七月十三日從康橋開回西雅圖，抵達時已是二十三日了）。從愛達荷州（Idaho）進入華盛頓州，大約三小時的車程範圍內，因大洋水氣爲高山所阻，所以只見一片雜亂乾草，該區既無同是渺無人煙之蒙大拿（Montana）、懷俄明（Wyoming）、及南達科塔（South Dakota）諸州那等冷峻峽谷或遠煙樓蜃的神祕傳奇，也不見如愛荷華（Iowa）和紐約州鄉間的富庶農村。很公平，最好的和最不怎麼樣的，都在同一州。

維安帶著兩個孩子在西雅圖度過了一個令人感動的夏天。這份感動來自於孩子們對水、對陽光、對雷閃交加、對圖書、對直排輪、對動物、對老師、對同學、對好吃的餐點、及對父親的心疼等的天眞反應；也來自於張教授對Sue和Max的無盡之愛、對自然界的心怡、對妻子的深情、對好友的眞誠、對背痛的焦慮、對電腦的信任、對教育的觀察、對資源的珍惜、對文化的批判、對城市的感情、對社會的期許、對科技的分析，以及更重要的——對圓自己和孩子們之夢的永不放棄。

維安對自己的家鄉（包括出生地苗栗、工作地新竹，及廣泛的台灣全島）有濃濃的情，對她愛之深，渴望愈大。從書中可以清楚地感受到他對許多當今國人仍無法做到如西雅圖居民或甚至多數美國人（按，張教授除了有康橋和西雅圖經驗之外，也曾在加州大學Davis分校待過一年）均早已成爲無意識行動的一些基本爲人處事方式或平等與民主的內在修養，所表達的深切憂心。既是雙子座同年又同月日，兩人總有靈通之處吧！我於一九八五年六月四日在華大東亞圖書館內決定下月要返台探親之一刻，曾以類同心情寫下一首小詩，

「在鄉怨鄉
離鄉念鄉
近鄉情怯
入鄉悔矣」

我們都希望自己的國家很好，但又很怕看到太多令人心傷的事實。不過，讀維安的書不會讓人有沮喪的感覺，反而，小孩子的活潑與快樂，直接注入了許多希望的活力。在台灣生活，我們不便氣餒！

去年十一月中旬，維安告知他的書要出版，希望我能爲之寫一篇約一千字的序。我回信曰，「若你不擔心大作因我的序而滯銷，那本大主任很樂意寫幾個字。」他立即回電，「若拙作賣不出去，你請客就對了！」哈哈大笑之後，我小聲地說，「才一千字嗎？我好想寫個兩萬字！」維安以自己是過來人（按，張教授於一九九五年至一九九七年任國立清華大學社會人類學研究所所長），知道我一定公務繁忙，所以很仁慈地只要求兩張五百字的稿紙。誰知道謝世忠是一個深怕人不知己的人，一路從康橋寫到西雅圖，好像還很不知足。記得在哈佛之時，我告訴維安自己把每天去慢跑的鮮水塘（Fresh Pond）（約與伴著張教授一家兩個月的綠湖[Green Lake]圓周三哩的規模相當）分成十二段，並各給與一個名字。他立即建議我將之寫成敘事體發表。現在《西雅圖夏令營手記——一位父親的親子時間》先行出版，對我是一個很好的激勵。踏著同年兄長的步伐，下回我的書也要維安寫一篇「一千字以內」的序。

末了，必須一提的是，原先答應十一月底即要交稿，卻拖到今天，相當自責。現在唯有祈求書本能三白金大賣，而我剛剛一方面回憶著在康橋維安家中享用過無數次華鑾大嫂所招待之水餃大餐的美味，另一方面也悄悄算了一算序文的字數，一共二、九八四字，不多不少！

末了之後還有最後。最後祈盼台灣各大小地區儘早成立「兒童圖書館」；也望「維安舊物捐售中心」來日能在本人鼓掌之下設立，董事長是張維安，總經理爲謝世忠。同年的兩人，夢總是一起織的。

台大人類學系系主任

謝世忠

寫於台北芝山岩二〇〇〇年元月二日，

當天陽光終日吻灑寶島，不捨暮臨。

自序

這本手記純粹就是筆記，希望替孩子，也替自己留下一些夏日西雅圖的記憶。

一九九九年夏天，我因爲和華大教授合作計畫的進行，在西雅圖著名的綠湖之濱住了兩個月，並帶著兩個小孩Sue和Max在當地參加University YMCA的夏令營活動，讓他們多一些開口講英文以及學習社會互動的機會。因爲媽媽留在台灣，兩個小孩答應寫日記，讓媽媽知道每天的活動，爲了向孩子表示公平，我也陪著寫。

這本兩個月的手記，原來也包括許多個人性的事務，寫手記的目的，也不是爲了出版。所以這裡的文字，是經過抽離、修改、翻譯、捨棄之後的結果。尤其是述說的對象改變了，順了幾次稿子都是因爲讀者的改變。留在這裡的內容約略包括兩部分，一是關於兩個小孩參加的夏令營活動的描述，另一是我個人關於美國生活的一些觀察感想。這些生活紀要，多數取材於比較的觀點，對於在美國生活較久一些的人來說，它已經成爲日常生活的一部分，也許並不覺得新鮮，對於剛到這個社會的人來說，卻是有趣的。例如，美國許多商店，打烊以後仍然燈火通明，據悉這與安全有關，店裡面亮著燈，只要有小偷進入，都可以清清楚楚地看見。如果全部關燈，相對就比較不容易發現了。當然我們的社會也有我們打烊就要關燈的邏輯。

社會間的不同，除了有它各自的行爲邏輯之外，有些則有它的歷史脈絡，例如，當我告訴美國人我把錢存在郵局，信用卡的費用每個月從郵局的帳戶自動扣除，他們覺得很奇怪，相同的，當他們說到郵局去辦理護照時，我們也一樣覺得訝異。

兩年前，我在哈佛大學燕京學社擔任訪問學者的時候，兩個孩子已經有參加美國夏令營的經驗。就我所知，夏令營的活動在美國各地都很普遍，但內容相當的不同，有很知性的，如課業輔導，有藝術類的，如戲劇、音樂、美術，有野外活動的，到國家公園去，有與昆蟲、動物有關的，也有專門水上活動的設計，花樣之多，目不暇給。所以找尋一個合適的營隊，就是一項困難的工作，尤其是在他鄉異國。

去年我有一位朋友，他從清華大學社人所畢業後，在華大攻讀社會學博士，我請他幫我打聽西雅圖夏令營的活動。畢竟他還沒有結婚，沒有小孩，其實不太知道我所要他幫我留意的問題。最後，他給了我一個很有幫助的網站（http://www.nwparent.com），我在這裡面找到很多西雅圖夏令營的訊息。我考慮內容、地理因素之後，挑選了在大學附近的University YMCA，並在春假期間訪西雅圖的時候，確定了下來。

通常比較搶手的營隊，需要早一些登記、付訂金，甚至全額繳費，像華大社會系教授Gary原來替我們在「西雅圖中心」（Seattle Center）登記的營隊，就是在三月時便需要全額繳費。有些營隊還有背景的限制，例如在麻州的康橋有一個非常吸引人的營隊，價錢又便宜，但是它只收在當地有學籍的孩子，而且需要任課的老師寫信推薦。

營隊既然決定了，我知道在大學附近，願意在暑假把房子轉租出來的人不少，這樣的房子，通常備有家具和日常所需的東西，所以就請華大的教授幫忙注意住房的訊息，也在華大的租屋中心填寫了資料，後來收到幾位學校人員願意轉租房子的電子郵件。有些人不願意租給有小孩的家庭，也有一些人本來就有小孩，所以孩子使用的東西一應俱全，當然價錢也有差別。最後Gary替我做了決定，在綠湖之濱向一位學生轉租了兩個月的房子。

兩個月的時間不長不短，除了每週一兩次的討論外，都是獨立工作。孩子去營隊之後，可以做許多事情，因爲和台灣社會的日常活動有一個斷裂，也覺得時間多出來很多，寫手記在忙碌的生活裡本來是一項奢侈，在這裡卻是日常生活的一部分。這本手記純粹就是筆記，希望替孩子，也替自己留下一些夏日西雅圖的記憶。

本書的出版，得到生智出版公司總編輯孟樊兄的協助，潘美玲博士看過初稿，還有與我同年同月同日生的「同年」，國立台灣大學人類學系系主任謝世忠，百忙中抽空寫序，感激萬分，在此一併致謝。

目錄

抵達西雅圖

六月三十日（星期三）

抵達西雅圖

六月三十日早上從新竹到中正機場，搭西北班機，經東京直飛西雅圖，到達時是早上八點多（也是六月三十日）。出了海關，領了行李，就地把原來的小箱子放回大箱（在桃園中正機場托運行李時，因爲一個皮箱超重，我把一部分行李，另外裝在一個小的旅行袋裡），一位女警就來說，「你不應該在這裡打開你的皮箱」，這裡的警察眞多，比起中正機場，我們在入境提行李的地方幾乎未看到警犬，也未見警察來回巡邏，這裡的警察算是多的。因爲行李已經裝好，她也就沒有多說，只見警犬來回聞察旅客的行李，連小孩的背包都不放過。想起多年前我有一位老師的行李被警犬釘上，不禁莞薾，因爲他家裡養有許多狗，出發前小狗們可能在行李上做了什麼許多記號，因此到了海關，這些緝毒犬對他的行李感到極大的興趣，而引起警察對其行李的注意，眞是有趣。

出了攜帶物品申報的海關，華大社會系教授Gary已經等在外面。西雅圖海關不一樣的地方是，領完行李以後需要搭乘一段地鐵，所以在搭地鐵之前，還要再把行李放回輸送帶，下了地鐵再從另外一處把行李領回，這時需要檢查托運行李時的收據。在台灣提行李沒任何手續檢查托運行李的收據，不知道美國人是不是多此一舉，還是有安全的考量。在這裡，使用裝行李的手推車需要收費，所以最好準備好零錢（還好這個機器也收信用卡）。收費當然有它的好處，那些手推車就有人整理，其理由就像是目前台灣一般購物中心，採取手推車歸位退費的方式。這樣比免費使用卻無人管理要好得多。

出關非常的順利，行李直接推到停車大樓的車子旁邊，這使我想起中正機場正在擴建，不知是否也會有像西雅圖機場這麼方便的停車大樓？中正機場現有的平面停車場，無法讓接機的人順利把沈重的行李，方便推到停車場（目前的設計是理論上可以，但非常不方便），以至於多數人接到親友之後，只能再回到原來擁擠的馬路邊來裝行李。在國人出國如此頻繁的今日，卻無法學習他國的好處，令人感觸良深。

離開機場，直往綠湖區駛去，途經一處高速公路有一條內線專供乘坐兩人以上的汽車通行，我們因爲合乎標準，自然就走了這條線，比起其他的汽車快了許多。問起是誰

在綠湖之濱住了兩個月的房子

在檢查車子裡坐了幾個人？誰知道？Gary說，基本上是憑駕駛人自己決定，警察也會注意，另外任何人如果發現只有一個人的座車走這條路上，都可以打一支專用電話報警，但是很少人會這麼做。看著那些一車一人的車隊，不免令人要問：如果在台灣施行這樣的制度，行得通嗎？

住進楓葉路

到了綠湖邊，看到了Gary替我們租好的公寓，地址眞美，楓葉路（Maple Leaf Pl）。這是一棟兩層樓的舊房子，我們是在二樓。一樓另外有人住，花園和草地屬於他們的。地下室爲這棟住戶公用的洗衣間和公共設施，如熱水設備、電力等都在這裡，也可放置腳踏車等。

我們住進去的這間公寓，有兩個房間、一個浴室、一個客廳、一個廚房，還有很大的一間更衣室。就空間來說相當足夠我們一家三口。二房東已經準備好我們的生活所需，一個房間有兩個彈簧墊，中間以置物櫃分隔，另外還有一個五個抽屜的櫃子，這種櫃子在美國好像頗爲普遍。主臥室有一張雙人床、小櫃、檯燈。所有的床都有床單、薄薄的棉被。

客廳有一張沙發、一張餐桌、四張椅子，別無他物。廚房裡的設備也相當基本，東西不多，但該有的都有，例如冰箱、微波爐、烤箱、雙槽洗滌槽，還有碗、盤、杯子、刀、叉、咖啡器，看起來「一應俱全」。不過，這也只是看起來如此，雖然我也號稱可以生活簡單，但就以上所列的物品，離眞正的生活所需還有一段距離。這就是往後幾天要張羅和充實的地方。

豐盛的早餐

Gary交代了這些屋內的設備和鑰匙，也介紹附近的環境。這個位置眞是好得沒話說，安靜，附近有游泳池、公園、綠地，數家餐廳、商店，離舉辦夏令營的學校只有幾條街，走路十分鐘，市立圖書館就在三分鐘之外的路邊，除了小孩不能在家裡盡情地跳以外（因爲樓下有人住，照例都是不能跳的），眞可說是一切合乎所需。

Gary介紹了這些之後，說要我們去吃一頓早飯，說起來眞的很早，六月三十日早上從台灣來，行李安頓好也還是六月三十日早上，我們點了豐盛的早餐，雖然有點睏，但是不敢點咖啡，因爲等一會兒要睡覺，怕睡不好。孩子們點的東西也吃不完，裝在食物袋裡，滿滿的，最少午餐不必愁了。

吃完了早飯，Gary堅持要馬上帶我們去張羅日常用品，冰箱是空的，廁所裡也沒有衛生紙，要開火煮飯也沒有米，沒有油。而且第一次採購，量一定大，而且重。趁著他有車子在，去採購一下也好。

牛奶、青菜、櫻桃、蘋果、果醬、乳酪、雞腿、白米、醬油、鹽、糖、沙拉油、熱狗、麵包、酸乳酪、雞蛋、衛生紙、餐廳用紙巾、洗衣粉……，這些是在一架一架的商品裡隨手而選的日常用品。有了這些在身邊，感覺踏實多了，一個暑假的西雅圖生活就從這裡開始。這個時候在台灣已經深夜，送走了Gary，計畫著調整時差的方法。小孩子不容易熬過一整個白天，我想可以先睡一個覺，晚上晚一點睡，睡到天亮，第二天白天可以再休息一下，然後睡到天亮。計畫已定，決定先睡一覺。

一覺醒來，已經傍晚，孩子精神很好。我用烤箱把早餐剩下的馬鈴薯加熱，還有牛奶，嘴渴就當飲料喝，希望這兩個月能多用這裡有而台灣沒有的好處。晚餐後，還是覺得有很多東西不夠，又到店裡補充，玉米片、番茄醬、錫箔紙、保鮮膜、奶油、香皂、洗髮精，一面生活一面記下需要的東西，還好離Albertson's❶五分鐘，買東西很近。就這樣買東西、調時差，過了在西雅圖的第一天。

❶ Albertson's和Payless均為美國西岸甚至延伸至內陸（如懷俄明州）的大型連鎖店，專賣日常用品。

七月一日（星期四）

綠湖畔溜直排輪

今天是第二天，早上我特別要求兩個小孩多睡一會兒，儘管一夜醒來數次，儘量要像是睡一個正常的晚上，起來已經很晚，吃過早飯，帶兩個小孩到綠湖畔去溜直排輪。孩子問在家穿好再出去？還是出去再穿？考慮上下樓梯，和公寓前面的斜坡，我決定讓他們把直排輪帶出去穿。

在人行穿越道等待過馬路時，兩邊的汽車看我們等在路旁，揮手要我們先過。我們雖然知道美國人的開車禮節，但是剛從台灣來的我，一時還眞是感激不盡，趕快和兩個小孩快步通過。孩子都知道，在台灣汽車駕駛人是絕對不會這樣做的。一點也沒錯，若干年前在加州的一個小鎮住時，就有這種感覺，沒想到相同的感覺，又發生在剛從台灣來西雅圖的第二天。去年在波士頓，感覺緊張一些，但是比起台灣，還眞是小巫見大

在公車站換直排輪

巫。記得，Gary和他的夫人Eleanor那一年來麻州的康橋看我們時，還說東岸的人眞是粗魯，開車常按喇叭，西岸的人禮貌多了，果然眞有其事。

背著直排輪，到公車的候車亭去，換了鞋子，溜到公園裡去。今天，有點下雨，溫度大約華氏五十五度，感覺還滿冷的，首先想到衣服可能不夠，我自己只有兩件長袖的襯衫，一件外套，其他可說毫無禦寒的衣服，Max和Sue的上衣也是，沒有幾件夠暖的，開始有些擔心衣物不夠。今早從窗外看出，路上的行人中，有人還穿著冬天的雪衣，就感覺攜帶衣服的考慮不夠周詳。應該多帶幾件保暖的衣物，以備不時之需，來西雅圖的前幾天，雖然Gary在電話裡說過溫度約略只有攝氏十五度，但卻沒有引起我重新思考帶衣服問題。過去，對西雅圖的聽聞，六月、七月、八月應該是人間的天堂，西雅圖冬天多雨，是出了名的，在電影裡已經領教過。但是西雅圖曾經獲得全美最適合居住的城市的第一名，也非浪得虛名。如果夏季沒有像天堂那般，如何彌補冬季長期下雨，令人憂鬱的氣候？看起來事實和我的預期是有一些距離了。

溜直排輪的時候，看見幾隻去年暑假離開哈佛大學後，就沒有再見過的松鼠（squirrel），還有一些不知名的大鳥，一位老人家騎著單車經過，問我說：你知道這隻鳥的名字嗎？我不知道！真的從來沒有見過。他說他以前知道，現在忘記了。真是可惜，他大概經常經過這裡，看人駐足觀察這些大鳥，就問人是否知道它的名字。

孩子在細雨中追逐著松鼠和不知名的鳥，讓我了解什麼是兒時的歡樂和孩童的天真。雨越來越大，我們只好回家，並準備午餐。

小電視和電話機

午飯剛過一會兒，Gary依約來載我去華盛頓大學辦理訪問學者的手續。他順便帶

華盛頓大學校門口

來了一個小電視，這是收音機、電視機連在一起的那種形式，螢幕很小，但還算清楚。另外還有一座AT&T的電話機，等電話來的時候可以用。原來的房客，華盛頓大學的學生，聽說本來就沒有電視，聽起來有些奇怪，但是想想自己唸研究所階段，也是沒電視，有收錄音機，其實就已經很享受了。在電視接收器如此普遍與廉價的今天，以後只要有電腦螢幕，要看電視並不是一件難事。

訪問學者

在華盛頓大學，取得訪問學者的身分證件後，辦理好圖書館借書的手續，取得借書證，申請電子郵件的帳號，同時也向電話公司申請電話，大約要下週二以後才可能通話，因爲星期天是美國國慶，星期一還是放假日，可能因此慢了些。但是已經先取得了電話號碼。

學校的手續辦完，拜訪社會系，並在Gary的研究室用了一下電子郵件，查詢這幾天的信，這是電子世界的好處，無論旅行到哪裡，都可以查閱朋友的信息。另外因爲內人不用電子郵件，我就用網際網路上所提供的免費傳眞，送信息給她。有這個從網路免費傳眞到世界各地的服務❶，眞是造福了不少人。

華盛頓大學社會系館

再訪Gas Works公園

離開華大校園，到Gas Works公園去，這個公園正好在Lake Union北邊，Gary想小孩會喜歡這裡，也順路送我們回家。果然，山丘頂端有一個自由女神的頭，工作人員還在那裡充氣，顯然是爲了明天的美國國慶（七月四日）的慶祝活動在做準備。孩子在山丘上像小狗一樣的跑來跑去。

山丘的另一邊是一個廢棄工廠再利用的藝術品。這個工廠在一九〇六年至一九五六年生產暖氣與照明用的瓦斯。那些生銹的鋼管、煙囪上面寫滿了字、圖，還有一面用一塊塊孩子的繪圖所組成的美國國旗。這座廢電廠，現在是以藝術之名而保存。旁邊的舊廠房一角，有一個兒童遊戲場，自然兩個小孩也不能跳過這部分，Max甚至脫了襪子，大玩他所喜歡的沙堆。

大人在一旁看著、聊著，想起兩年前的一個暑假，我們也來這裡玩過。那時，志卿（華盛頓大學社會學博士生）也一起在這裡。沒想到今年再來，志卿已經不知人在何處，甚至連身體都沒有找到，眞是令人唏噓。❷

日本店

離開公園返回家裡的途中，Gary提到要不要買東方食物，我想起食譜上的烹飪酒，還有醬瓜、泡麵，當然是巴不得了。在台灣時構想要就地取材，多認識西方食物的理想，突然之間，被丟在九霄雲外去了。我們去的是一家日本店，這是Gary認爲比較整齊、乾淨的一家。果然，整齊乾淨，而且多數台灣人想要的食物，也買得到。抓住機會，除了前面這些東西，還買了台灣榨菜、米醬、魚罐頭、麵筋、白麵，這些都是乾貨，適合儲藏的。

途中我們說起煮飯，Gary說可以用鍋子煮飯，我記得小時候，幫媽媽用大鍋子煮飯，在爐灶裡燒柴，我也算是有經驗的，所以我想我也可以用鍋子在瓦斯爐上面煮飯。這些印象與自信，使我在看到電鍋時，沒有選購。後來證明，這樣的判斷與自信是一項錯誤。

與朋友聯絡

傍晚，和孩子去買食物，打電話和開雲（國科會獎助來此進修的訪問學者）、偉強（華大社會系博士生，他是志卿的好友，Gary的學生，與我未曾見過面），還有剛從台灣來，與兩個小孩與父母親來此度假的靜雯取得聯絡。這是目前所認識的所有在西雅圖的朋友。

---

❶這個免費傳真的網址是http://www.tpc.int/sendfax.html/，或是由中研院所提供的傳真服務網址是http://fax.sinica.edu/web2fax/index.html/。

❷志卿在一九九八年的聖誕節在西雅圖北邊與友人因翻船而失蹤，目前尚未尋獲。

七月二日（星期五）

友人來訪

這幾天，幾乎每天都下雨，明明是豔陽高照的天氣，但卻可能在幾分鐘之後，轉為下雨。這使我想起住在新英格蘭地區時，當地有個笑話：「你想知道新英格蘭的天氣嗎？再等幾分鐘。」（當然這樣的比喻，和拿後母的臉色來比喻是要優雅多了。）

過了十點，細雨之中，兩車的朋友來訪，是偉強和靜雯他們，我正在弄家裡的家具與生活安排。一般的餐桌，對我而言，非常不適合在電腦的鍵盤上工作，長年在鍵盤上移動手指的人，都有一些肩膀、手臂、手腕、頸部或背部的一些問題。我的狀況尤其嚴重。在修博士學位階段，就需要經常去找人推拿、練外丹功、游泳，那時還不太用電腦。用電腦之後，相同的問題更是不斷地困擾我的工作。

就著有限的箱、櫃、桌、沙發，除了替小孩安排一個能讀書寫字的地方之外，就是要想辦法整理一個可以用鍵盤工作的地方。剛剛整理好，第一次打開電腦，一方面擔心電腦從台灣背來，會不會有一些問題，另一方面，來西雅圖之前，因爲MS Office裡的幾個程式升級，似乎還有一些問題，令我擔憂。電腦放在一個矮箱子上，試試手、肩膀的舒適性，沒有在家裡的電腦桌上工作舒服，不過高度似乎相仿。

一切剛剛就緒，他們就按響了門鈴，他們的到來，把我的房子突然變小了。偉強帶來了幾雙筷子，昨天，我和孩子商量，他們還說他們只要有刀叉就可以了。但是這種日常生活的東西，沒得用，對我來說，一時之間還是若有所失。有了筷子，生活安定一些。

他們來後，我花了一些時間把電腦關掉，這是很重要的，現在每家人的小孩都會「操作電腦」，這是我最擔心的，沒有電腦，或電腦有任何差錯，這兩個月將會是一個完全不一樣的日子。果然，幾個孩子中就有人問電腦裡有沒有什麼樣的遊戲？我想先關掉電腦是對的。

訪大學旅館

坐沒多久，因爲實在是家徒四壁，孩子也覺得無聊。大家覺得應該去靜雯住的大學旅館（University Travelodge）❶。我們也去這個旅館對面的購物中心買東西，除了因爲要替小孩尋找餐盒外，還有昨天晚上用鍋子煮飯的試驗沒有成功也是原因。想起，這種只要把米和水放進去，就會有香噴噴的飯出來的神奇機器（電鍋），即使是貴一點還是要買一個。店裡只有一種，四十五元九九，加了稅約爲台幣一千六百元左右，爲了往後兩個月，每天不必守著鍋子，收拾一不小心就會噴流而出的米湯，決心要買一個，但卻使我想起在日本店見到的四十塊錢的日本貨。現在這個Rival的牌子，雖使我有些不放心，但是店裡只有一種。

依照在美國消費的經驗，如果有瑕疵或不合所需，即使已經用過，只要沒有明顯的破壞，都是可以退貨還錢的。記得以前有些留學生說，有事長期外出，家裡沒有答錄機，那也很簡單，只要到店裡買一個，回來之後再拿去退就好了。許多人都知道，在美國送聖誕節禮物時，有許多人是連收據一起送出，以備受禮者不合用時可以拿去退貨。

聖誕節過後，有許多人搶著去購買這些人們退回去的便宜貨，也是大家都知道的。

記得有一次，我在打折時買了一個充電式的吸塵器，拿回家充電充了一天，還是無法運轉❷，就拿去退。店員的態度奇好，問你要退錢，還是要另外換一個？有人說他們是因爲銷售部門和顧客服務部門分開設計使然。當然，他們假定人們不會蓄意欺騙，這一點是重要的，這和我們社會中的各種制度都先假定人是惡意的，制度的設計也是在防惡，有根本上的區別。這也許是我們的社會需要再學習的地方。

在這種不合用可以退的制度裡，也使人較容易購買東西。所以就買了電鍋，還有吹風機（昨晚洗頭，發現沒有吹風機，眞的很不方便）。至於小孩用的餐盒，本來在台灣就要準備的，我想到這裡看看當地人所使用的情形會比較好。店裡陳列的都是硬殼的，多數的設計都是在裡面置放冰塊或人工的冷劑，這種人工冷劑號稱比冰還要冷，放在冰箱冷卻後，像冰塊那樣放在午餐盒裡，讓食物保鮮。我想硬殼的比較不易處理，而且體積比我想像的大得多，另外，回台灣時在行李箱裡可能被摔破，所以沒有買。

中午在靜雯一家人住的大學旅館吃pizza，感覺滿好的。他們住的這個旅館，有兩個房間、廚房、客廳，所有的東西一應俱全，除了電話外，還有上網的專線（不知道是不是光纖）。他們另外從機場就租了汽車，一家人行動比較方便。在這裡開車很容易，因爲西雅圖的人開車，相當有禮貌，即使在美國境內，也算是比較禮貌的地方。

談到租車，據說在機場的幾個租車公司，只有這家願意租給持台灣國際駕照的駕駛人。不知道他們考慮的原因是什麼？我想到幾個，一個是他們過去與台灣租車人的接觸經驗，另外一個是台灣國際駕照的外表。

我以前申請過這種國際駕照，最近幾年都用美國駕照，現在已經不知在哪裡。據說，台灣的國際駕照還是一本冊子，好像很久以前，台灣的汽車駕照也是一本冊子。現在一般的駕照改了，沒想到國際駕照卻自己獨自留在過去的年代。監理所其實可以另外發一種英文的駕照，就像現在的駕照，把中文改成英文而已，或將現行的駕照，同時以中、英文並列，可省去國人出國還要去監理所申請國際駕照的麻煩。無論哪一種，都會比現在這種，看起來是四〇年代的產物，有權威性和可信賴性。

冬衣和自助餐

離開大學旅館時，正是陰雨連綿。偉強借給我們幾支雨傘，並耐心地帶著我們一家

小孩在北門購物中心

去幾家店裡找餐盒。最後，在Payless買了兩個，還有人工冷劑、伸縮性的水壺，再回綠湖畔的住處。

約好晚飯後他再來，要借給我們一些冬衣。我們現在眞的是單薄了一些，幾天沒有洗衣服，孩子已經沒有長褲和長袖衣服可換。小孩不像大人可以幾天才換一次長褲，他們幾乎是一天不換就太髒了。可是在台灣家裡的衣服也還有很多，小孩會長大，如果可以不買，也不一定眞的要花這一筆錢。五點多，偉強和家人都來了，他們不但帶來了兩個袋子的衣服，還邀我們去北門購物中心（Northgate Mall）的Zoopa吃自助餐（buffet），北門購物中心是這裡的一個大型購物中心。偉強說在這裡小孩比較自由，我們七個人全部坐在偉強的車子上，前座是偉強開車，他太太碧蓮抱一個小孩坐前座，我和三個小孩坐在後面，七個人一輛車。

記得，在麻州的康橋時，台大人類學系謝教授載我們出遊，在路邊等人，正好警察過來，他只說你們的小孩都需要綁上安全帶，似乎也沒有指出你們超過五個人或六個人，不合法。所有的孩子，即使是在後座，也都需要繫上安全帶，這在美國是很基本的要求。

果然Zoopa裡人很多，我們在這裡吃了一頓豐盛的晚餐。據了解，大人每人六元，小孩依年齡計算，四歲以下免費，四歲以上半價，算起來還合算。小孩到這種「隨你吃」的地方，基本上都比較不合算，一般說來他們吃得少，玩得多。

---

❶這是一間舒適的旅館，為連鎖汽車旅館，坐落在華盛頓大學附近。

❷後來發現那完全是我的錯，因為插頭的電由開關控制，這個充電器在插好後，我關了燈離開房間，等於就是把電源關了，難怪會發生充電時間很長，卻沒有電的現象。這種插頭的電力由開關控制的情形在台灣並不普遍，但是在沒有吊燈設計，喜歡使用立燈的美國社會裡卻不少。

綠湖小學的遊戲場

七月三日（星期六）

綠湖小學

四月間我和Gary一起去登記YMCA夏令營時，就想來看看這個營隊活動所在的學校，我們在湖邊問了幾個人，人們似乎不知道這個綠湖小學（Green Lake Elementary School）。前兩天剛到時，Gary介紹了一下。今天是我們親自走到這個學校，小孩先到運動場、遊戲場玩，然後往上走，學校的建築物是關著的，綠湖小學的設備不錯，我想是這營隊選在這裡的原因。

可能是因爲能源使用的理由，多數我見過的美國小學，都是設計成封閉式的，雖然學校沒有圍牆，但是幾個門一關上，等於學校就關上了，不像台灣的小學，是以圍牆爲學校內外的分別。事實上大學也是一樣，美國的學校通常沒有圍牆，有許多主要的道路甚至通過校園，哈佛、耶魯、麻州理工學院（MIT）都是這樣。這使我想起有幾次台灣的道路規劃要通過校園時所受到的抗議，例如，原來在台中市的靜宜大學、中國醫藥學院，都有類似的抗議發生過，東海大學因爲要被開一條路，有人還說要躺在那裡抗議到底，眞是令人感動。現在，我執教的清華大學，前幾天在中研院李遠哲院長有意做媒之下，說要和交通大學合而爲一，這兩校之間，也要開一條路（特二號道路），幾年來清大、工研院的抗議之聲不斷。不過，可想而知，除非教育部有很大的誘因，否則這條路的開通應該是會比兩校合併早日實現。

生活與購物

離開綠湖小學，Sue、Max和我三人照這幾天所寫的清單，去採購食物和用品。我雖然認爲一個人可以很簡單的生活，但要張羅兩個孩子的需要，還眞的需要一些東西。

第一天買的麵包，已經變質了，也有可能是這裡的味道不合我們的胃口，但是沒有人願意吃卻是事實。頭一天買來包熱狗的麵包也不能吃了，需要拋棄。我們覺得眞是很可惜，所以今天開始，我們要改變採買食物的方法，就是每天從綠湖小學回家，經過Albertson's時，採購當天所需的東西，能夠不多買就不多買，這樣可能比較能保新鮮又不浪費。

環繞綠湖

簡單吃過午飯，小孩和我都想小睡。一小時以後，天氣晴朗，晴空萬里，這個我們心目中的西雅圖夏天情景，已經出現。兩個小孩提了直排滑輪到下坡以後的公車候車亭換鞋。這次我們決定繞著湖滑行，兩個小孩滑得很快，我背著他們的直排滑輪袋子，還有換下來的鞋子，還有照相機。好像是所有人裡，背負最多東西的人。他們在前面滑，不時地停下來等我，因爲我要求不能離我太遠，以前我們沒有來過這裡，也不知道前面的路況，這些都是爲了安全。

這條環湖道路，共有三英哩。它的設計是，把環湖道路劃出中央分道線，道路分成左右兩邊，看起來與一般道路無異，但沿路不時地提醒使用者，反時針方向，中間線的右邊是輪子使用的，如直排輪、溜冰鞋、腳踏車（禁行機車和汽車，環湖道路之外有一條環湖公路）。中間線的左邊是走路的，可以穿鞋或赤腳，走路的那邊是雙向都可以走。三英哩，其實不短，小孩也許因爲一直停下來，直嚷著說湖怎麼這麼小，可見他們的心情。

繞湖而行之時，我們還打了電話回台灣，這時正好是台灣的早上。這裡的時間和台灣時間的換算方式是，台灣時間是這裡的時間加三小時，日夜顛倒，並加一天。例如，這裡的星期天下午四點，正好是台灣的

綠湖的環湖公路可以走路也可以溜直排輪

綠湖旁的遊戲場

星期一早上七點。

三英哩繞湖之行後，雖然意猶未盡，但是再來一次三英哩，也是一件大事。所以選擇在湖邊的遊戲區玩，這裡除了那些小孩愛玩的玩意兒，如鞦韆、滑梯、單槓，還有許多我不知名的設施，旁邊還有棒球場，游泳池，兩個小孩玩得不亦樂乎。

驚訝的晚餐

剛從綠湖回來，偉強的太太碧蓮帶來了三個菜，其中一道還不只一種菜。眞是感激不盡，我正在按照食譜滷一道豬肉，看樣子要兩天後才需要了，因爲明天要到Gary家去吃晚飯。第一次滷的雞腿沒有成功，也許是因爲還不熟悉使用的鍋子，這次用電鍋，應該會好一些。碧蓮帶來食物後說，明天星期日，邀我們帶小孩去西雅圖科學中心（Seattle Science Center）。我想孩子一定會很高興，記得在波士頓的那一段日子裡，他們想到要去「科學博物館」（Science Museum），就高興得不得了，在美國的小孩眞的很幸福。

七月四日（星期日）

科學中心

早上七點半，鬧鐘響了，Sue在睡覺前都說第二天要早起。時差調得差不多了，不過我還是希望兩個孩子多睡，以保證白天不再睏或想睡，我們的時差已經完全消除。快九點才起來，兩個孩子趕快刷牙、洗臉、吃早餐，剛吃完早餐，碧蓮和她的兩個小孩Christina、Daniel已經來到樓下，孩子已經從窗戶看到他們，高興地打招呼。這幾天西雅圖斷斷續續地下著雨，爲了避免生病，出門都必須帶著雨傘。

四個小孩委屈地綁在三條後座的安全帶上，碧蓮開車先去大學旅館找靜雯他們。Max因爲沒有帶足夠的外套，又因爲要到靠海邊的地方，雖然參觀的時候是在室內，但仍然怕太冷，生病是我想極力避免的，於是向靜雯他們借了一件外套，這件衣服也是偉強借給他們的。偉強這幾天在我們這兩個家庭身上花了許多的時間和精神。

靜雯他們家五口一車，兩車一前一後去「西雅圖中心」。照往例，星期天早上路邊停車免費，所以碧蓮說我們最好早一些出門，希望能在路邊找個免費的位置，我想這是所有留學生的希望。不幸的是我們到了「西雅圖中心」時已經九點五十七分，看得到的位置都被停滿了，只好停在收費停車場，一天美金五元。

西雅圖科學中心

對於常帶小孩來的家長，都會申請會員卡（membership card）。台灣也有，我們曾經申請過台中自然科學博物館的會員卡，記得是叫做家庭卡，全家人的照片都在上面。結果，好像並沒有去過太多次。碧蓮建議我們考慮申請一張會員卡可能比較合算。一共花去五十五元，當然只有去一次是不需要這麼多錢，來三次以上，也許才會比每次買入場券便宜。大人的入場券是七．五元，六歲到十三歲的小孩五．五元，年長者（六十五歲以上）和二歲到五歲的孩子三．五元，這個中心包括兩個劇院、IMAX Theatre和

孩子在科學中心的氣象播報中心

Laser Theatre，一般的票只適用於展覽，劇院需要另外多付二元。

「科學中心」的全名是「太平洋科學中心」(Pacific Science Center)，一九九八年增資十八．五萬美元擴建完成劇場和展覽場地，是一個老少咸宜的科學遊戲場(science playground)，所有的設計都具有娛樂和教育的性質。有恐龍區、昆蟲區、電視氣象報告製作、機器人、肥皂泡泡，還有大人小孩都會著迷的室外噴水區，可以用像消防隊員那樣的噴水管，讓金屬片像風車那樣的轉動。

歡迎晚宴

三點左右，Gary來載我們去他家。Queen Ann Hill在這裡算是有名的住宅區，小孩以前來過，很喜歡他們這個依山而建的四層樓房，可以跑上跑下，而且還可以在外面的花園、階梯跑來跑去。所以聽說要去他家，就很高興。這算是歡迎我們的晚宴，Gary另外請了他的父母親，東海大學的開雲也在。

像以前一樣，我們有一條很大的鮭魚，這是Gary前幾天和小孩約好的。鮭魚是本地的特產，五磅重的一片鮭魚，我已經在這裡吃過許多次，只見他先把魚的身體擦乾，然後把一些醬塗在上面。這個醬是橄欖油、紅糖、胡椒所調製，另外幾項材料已經不記得了。這些醬塗在上面，一段時間後，再拿到院子裡去烤，我在這裡多次看他升火、烤魚，但仍不知如何做出這麼美味的食物。

我們到的時候，桌上已經擺好了杯、盤、刀、叉還有蠟燭。其實食物並不多樣，除了烤的鮭魚，還有幾條白的和黃的玉米（可以塗上奶油），去皮煮好的馬鈴薯（可以加胡椒），還有豌豆。都是用大碗裝，大家在桌子上傳來傳去。飯間有酒和果汁，飯後當然也有櫻桃派、冰淇淋和中國茶，派是Gary的父母帶來的，茶是我帶去的。Gary一面做這些食物，一面和我們聊天，然後就開飯了。這使我想起美國家庭有許多廚房的設計都是開放的，不只是沒有門的設計，像Gary家裡的廚房和客人聊天看電視的空間之間，根本沒有牆壁。從食物上來看，這與他們的食物大部分是水煮的可能有關，我們的食物因爲需要煎炒，所以需要把門關上，還要備有抽油煙機。而且無論如何，油煙和廚房總是離不開的。

厚意款待與性別分工

兩年前，在哈佛大學訪問期間，有四、五個從台灣去的教授及其家庭，偶爾輪流在不同的家裡potluck。potluck就是受邀參加的人，自己帶菜或水果或甜點或飲料到別人家裡去吃飯。主辦的家庭通常會忙一些，多做一些比較不易攜帶的食物，如熱湯等。我們經常自己問起，何以在台灣要請人來家裡吃一頓飯這麼難？尤其是家庭主婦（這裡仍然假定準備食物是女人的工作），眞是請人吃一頓飯就像是剝一層皮一樣，現在有許多家庭婦女也是有工作的，要工作，要做飯，已經很難，又要額外準備食物招待客人，談何容易？

所以在台灣，許多人請客，從外面叫食物回來吃的已經不少。其實，用potluck的方式也不錯，所謂吃飯，不外就是要聊聊天，見見面，聯絡感情嘛。或者是，只要幾道食物就可以了，想想看，如果有一鍋肉、幾條玉米、馬鈴薯、豌豆、酒、果汁、冰淇淋和茶，又有什麼不好呢？我們社會的請客方式，通常也是家庭主婦從頭到尾不斷地做這些準備工作，沒有時間坐在客廳與客人交談，有時來訪的婦女也擠進廚房一塊兒工作去了。

其實厚意的款待，不一定需要很多食物。食物的準備，也不一定要由女性來做。自從我認識Gary以來，我在他家時都是看到他在準備食物，飯後由他太太洗碗。

平安保險

到Gary家以後，借了信封和郵票，把投保單寄出去。按照華盛頓大學訪問學者的注意事項中，規定所有的訪問學者，都需要參加保險，並在三十天內向大學的國際服務中心辦公室（International Services Office）提示，否則交換學者的身分（J-1

Program）將被終止。其實在出發前就應該寄發投保單，昨天靜雯的小男孩John被床底的鐵架刮傷頭部，使我嚇一大跳，趕緊把保險單寄出。

出外旅行，最好是不要有任何的意外，美國的醫藥費相當的昂貴。Gary第一天就要Max答應一件事，就是「不要受傷」，我希望他再答應「不要生病」。當然這不是他真能做到的，但這也是一種生活教育，希望他知道自己的責任。無論如何，趕快把投保單寄出，兩個月的保險，我自己和兩個小孩的保費是美金二百八十八元（九千三百六十元台幣）。保險範圍包括疾病和意外，旅行到若干國家仍包含在內，但是如果生病去看醫生的話，前面一百五十元美元，必須由我自己付。

這種部分自付的制度，使我想起我們社會裡的全民健保。健保局經常抱怨國人喜歡看病、喜歡吃藥，浪費醫藥資源。我常覺得這是非常不公平的指責。其一，在這個保險制度裡，只有醫療人員才有機會浪費醫療資源，例如以前聽說有人拿勞保單換綠油精，但是這些都必須要有醫生做假才做得到，如果醫生不這麼做，絕無可能。此時，患者頂多也只是無知、貪小便宜的共犯。另外，如果保險設計成平時看病的基本費用由患者負擔，這個基本的費用，可以讓患者考慮看病是否眞有需要。而保險的給付則是用在眞正需要協助的高額支出方面。就像我現在買的這個保險，前面的四千八百七十五元台幣，需要由我自己來付的話，沒事我一定不會去看病的。這只是一個粗略的概念，當然眞正牽涉到的問題還有很多，例如我們的民意代表的知識，也是關鍵。

準備午餐

明天就是第一天的夏令營，孩子已經看過舉辦夏令營的學校，難掩心中的興奮，也擔心著明天的午餐。Sue一直希望弟弟Max可以用塑膠袋裝他的午餐，以免占用她的餐盒的空間（Max的餐盒因爲買回來後發現有瑕疵，偉強幫忙更換中）。我卻擔心著明天要給他們帶什麼，他們十點睡，來訪的開雲走了，我開始在廚房看看明天可以給孩子帶的東西，剛剛從Gary家帶回來的日本餅乾看起來還不錯，它註明是沒有人工色素、沒有人工香料、沒有脂肪，可以給他們帶一些。另外，兩個孩子前幾天在Albertsons買回來的金魚形狀的餅乾，兩種餅乾放在一個盒子裡，多少可以充飢。

有了餅乾還不夠，需要有主食。本來預定晚上回來還去超市買一些新鮮的土司，做個三明治，已經買了火腿，卻忘了去買土司，等到想起時，已經太晚，按照這裡的法律與常識，大人不能把這麼小的孩子留在家裡。只好將剩下的一個麵包分成兩半，分別夾蘿蔔蛋。

從日本店買回來的甜菜脯（奇怪的是英文是salted radish），聞起來不像過去在苗栗鄉下媽媽所醃漬的蘿蔔乾，聞起來沒有香味，也沒有蘿蔔味，先切好一些，明天先用油炸一下，再和蛋一起煎，希望能成功。這一道菜先和兩個蛋放在一起。水果方面，先把綠葡萄洗淨，吃起來還好，中午已經吃過，另外再洗一些孩子喜歡吃的小紅蘿蔔，放在一起，有紅有綠，可構成他們的水果和青菜。

另外就是水了，小孩活動量大時，一定需要喝很多水，先用他們從台灣帶來的礦泉水瓶子裝，讓他們自己帶背包去，水可以放在裡面。這裡的人說除了水管舊一些以外，一般說來，自來水的水是可以生飲的。爲了保險起見，還是要先煮開，放著，涼了，再倒在瓶子裡，就可帶去了。

麵包夾蘿蔔蛋，兩種餅乾，綠葡萄和小紅蘿蔔，還有水。這是第一天的午餐，以後看看別的同學吃什麼，再做改變。

夏令營再準備

孩子睡時，還在問爸爸什麼時候來陪他們，我因爲要再檢查明天去營隊的一些事情，所以需要再詳細讀一遍相關的說明、一些表格、保險，把地址和緊急聯絡人的電話填上，又花去一些時間。直到小孩都熟睡，把他們的背包拿出來，一一點清明天的東西，這些過去都是媽媽在打點，著實也眞不容易。在「父母親（監護人）手冊」上面，要求所有的參加者，每天都要帶：1.游泳衣和毛巾；2.水壺；3.午餐（特別是要求不要容易溢出的食物）；4.防曬裝備（帽子和防曬油等）；5.二年級以下的孩子，需要另外帶一本書，以備在安靜時間（Quiet Time）使用。Sue和Max都需要一到四的項目。兩個人的泳帽、泳衣、蛙鏡、耳塞和毛巾，還好在台灣時都已經準備好了，清點一下，把它們放在一個塑膠袋裡面。兩個人都記得要戴帽子，還有防曬油。另外，特別給Max也帶一本恐龍的書，基本上他在秋季已經是三年級，已不需要，但能帶著可能比較好。

另外，營地也要求小孩不要帶以下物品：1.炮竹；2.火柴；3.小型的遊樂器；4.刀子；5.收音機；6.糖果；7.隨身聽；8.金錢及其他有價值的東西。

夏令營開始

空氣上升

七月五日（星期一）

今天雖然是我們第一天去夏令營，其實這個夏令營已經開始了兩個星期，參加的人以週爲單位，進進出出。前兩週的內容是「西雅圖的祕密」和「西北部的生態」（西雅圖就是在美國的西北）。

七點半起床

Sue昨晚把鬧鐘定在七點，爲了讓他們多睡一會兒，把鬧鐘定在七點半。起床後，要趕快刷牙、洗臉、吃早飯，酸乳酪、玉米片還有牛奶，加上昨天晚上在Gary家裡帶回來的櫻桃派，昨天Max很喜歡吃的，今天可能因包裝的關係，弄得有些黏稠，他卻不要吃了，希望他們多吃一些，以免午餐不好的話，不會太餓。雖然營隊每天早上、下午，都會提供點心，並說明這些東西大致是：奶製品、蛋白質、麵包類的食物、水果、蔬菜或果汁等。典型的點心是四分之三杯的綜合水果和四個全麥餅乾，或四分之三杯的熟蔬菜和六盎斯的牛奶。因爲不知道孩子是否習慣，還是希望能在家裡有足夠的早餐，不過看起來吃得不多。

孩子一面吃，我一面嘮叨地說著營隊裡的一些規定。他們也七嘴八舌地評論著，我要他們只聽就好，專心吃早飯。Max首先提到，我們有三個人，爲什麼只有兩個碗。這很可能是多數媽媽都有的現象，在台灣，我們也覺得奇怪，早餐時媽媽只給我們幾個人碗筷，卻沒有替自己也準備，時間眞的不夠，所以媽媽經常飲食不太正常，弄完了所有人的食物，自己也要上班，沒有時間吃早飯了。有時帶去上班的地方吃，有時準備好的食物也忘了帶，有時就根本沒有。這些都是要眞正做那些事情時才會比較明白。

裝好了水，一一地說明個別背包的東西。等到八點十五分，靜雯他們沒有來，我們只好先去營地。今天有許多人認爲是放假日，我想他們一定也猶豫是否要上夏令營。

不得其門而入

到了綠湖小學，第一個門沒有開，我們又走到大門去，還是深鎖的。我想今天眞的白來了。怎麼會是這樣呢？明明寫著這週的活動是從七月五日開始的。應該不會搞錯了吧。

小孩在乾淨的水泥地上開始玩起來。沒多久有位媽媽開車來問我們是不是參加營隊的人，因爲兩個門都是關著的，這位太太有點氣也有點失望，然後先走了。不久後，有一位黑人太太帶了三個孩子，還有一條狗，車一開門，狗就跑下來，他們趕緊把牠叫回去。他們也來問，我說我在這裡已經五分鐘，未見人影，非常安靜，所有的門都是鎖著的。彼此再查對一遍YMCA發的行事曆，沒有錯，就是今天開始。她問我是不是住在附近，我說我是從台灣來的教授，在華盛頓大學做短期訪問，她的小女孩說，她爸爸也在華盛頓大學做研究，他是做與癌症相關的研究。我們交談著，這時她的另外兩個小男孩吵著要去遊戲區玩，Max也說要去，他們去玩了。這位黑人太太用她的行動電話問怎麼沒有人呢？經過一陣交談、詢問，才弄清楚要從後門進去。那就是我昨天帶孩子來時，第一個看到的門，今天我們走了正門，反而不得其門而入。我們終於了解，YMCA實際上只租了學校的一小部分辦活動，這部分是比較獨立，而且和遊戲場、運動場所比較接近的地方。

簽到的時候，我們和工作人員說明這件事，她說在通知單的背面有一個說明，這是我在台灣的時候看到的，但卻一時沒有記得這些事情。不過，如果他們也在其他的門口貼上相關的通知，那就周全多了。沒有看到要從後門進入的人還眞的不是只有我一位。

夏令營要求學員到達與離開時，都要由父母親在簿子上面簽名，這是爲了孩子的安全，如果家長不能來接，需要朋友來接，便需要事前和營隊的主任聯絡。記得在康橋的時候也是這樣，簽到、簽退成爲接送小孩時的重要儀式，這個時候通常會和輔導員有短暫的交談。

繳費

靜雯和她的小孩還沒有出現。打電話給他們時，他們正準備去動物園。還好來得及，午餐也準備了，正好可以到營隊來。二十分鐘後，靜雯的父親來敲門，我帶他們一起去，因爲所有的資料都未收到，所以又拿了一疊表格回到我家裡，塡了幾十分鐘，包括那些預防針的紀錄、疾病說明、緊急聯絡電話等。把表格塡好之後，我們因爲只繳了訂金，所以必須去總會繳費，我先繳前三週，兩個小孩一共用去美金七百二十元，如果連訂金算在內，費用應是美金七百八十元，其中有一次，因爲到野外露營，所以費用比較貴一些。

作家事

繳費後，回家工作，先把衣服都拿去樓下的洗衣室，洗淨、烘乾，來回做了幾次，晚上和孩子一起整理、折疊衣服時，我的襪子竟然少了一隻。其實，在從洗衣機換到烘乾機，再到把衣服拿回來的過程，我都非常小心，但是還是少了一隻襪子，想來想去，還是不解，回去找也沒有。我想起過去的主張，如果買襪子買相同的顏色與樣式，那就比較沒有這種掉一隻襪子後無法配對的煩惱。

從台灣帶來的工作眞是千頭萬緒，需要開始理出頭緒，Gary過幾天要去加州發表幾年前開始合作的一篇文章，應先把檔案印出來，再讀一遍，以便把意見和他做進一步的討論。孩子開始去營隊，就是我開始正式每天工作的時候。

接小孩

時間過得很快，沒多久，就下午四點了，腕上的電子錶已經開始響，準備四點半去接他們。途中先和台灣的家裡打電話，四點半的時間正好是台灣的早上七點半，接了小孩以後，可能就太晚了，華鑾可能就去上班了。打了電話報平安，孩子想念媽媽，不過還過得滿快樂的，並說明過去幾天眞的太冷，還好偉強借了許多衣服給我們，今天不錯，一天都沒有下雨。華鑾交代要孩子多練習英文，還有督促小孩洗澡要洗乾淨。

到了學校，他們都在遊戲場玩得不亦樂乎，Sue沒有戴帽子，曬一天已經有點黑，Max是連睡覺都說帶著帽子比較舒服，白天也都帶著帽子，比較不擔心。

他們說，認識了一些朋友，老師非常的好，他們都喜歡早一些去。❶回家的途中，他們還吃著早上帶去的餅乾，好像很餓。我們經過Albertson's買了牛奶、櫻桃、油桃、蛋、果汁，還有已經包裝好的午餐（乾糧、果汁等），他們看到其他的學員帶這些去學校，也要一份，我答應他們每週只能帶一次這種午餐，達成協議。

在西雅圖的朋友說，這個月櫻桃便宜，而且只有一個月。在台灣不容易吃到這麼便宜的櫻桃，一磅美金九十九分，相當於台幣三十幾元，可以說是便宜。其實通常買應時的水果，在美國是相當便宜而且合算。

準備晚飯

新電鍋煮了三次飯還沒有成功，兩次太稀，一次不太熟，不過已經接近成功，取其中間值再做一次的成功率增大，明天試試。不過，白天用電鍋蒸了一碗醃過的牛肉，算是成功。手邊所能取得的酒、蒜頭、醬油醃了一些時間，吃起來接近過去家裡的食物，我終於了解，這些食物是怎麼做成的。能夠自己做食物，感覺滿好的。

晚飯，這碗牛肉、加上前幾天偉強的太太碧蓮帶來的食物吃過一餐以後還有剩下，加上水果，還有不太成功的、煮得太稀的飯，也算飽餐一頓。飯後，加上冰淇淋。孩子開始寫日記，鼓勵他們寫詳細一些，寫完一本日記，提供一個禮物，希望對他們能夠是一個誘因。他們的拼字仍有許多錯誤，也有許多能說卻不會拼的字，要多花一些時間在他們的身上。

友人來訪

八點多，偉強帶來前幾天麻煩他去店裡換的餐盒。因爲第一天我們買回來時，就發現有一個地方破了。眞是難爲他，寫博士論文期間，還要替我們張羅這些雜事，我因爲沒有車，所以比較不方便。我常和孩子說，有朋友的人就是富有的人。

順便把台灣帶來的清蔚園博物館❷的CD、茶葉和一件台灣店製作的T恤送給他們。這件印有台灣地圖的T恤是我的同年同月同日生的朋友在今年生日時送我的禮物❸，本來要帶出來自己穿的，這幾天感於受到偉強一家人的照顧太多，手邊又無別的東西可以送給他們。他本人雖然是香港出生，但是他太太是台灣雲林人，我想這個禮物應該還算恰當。

我們討論了一些美國學術界的現象，還有當年在加州大學Davis的一些事情，偉強是一九九二年到加州大學Davis校區去攻讀博士學位的，我在九一年離開那裡，我們在那裡沒有見過，但仍有許多共同的記憶和認識的朋友。他提到明年在美國找工作的一些打算，還有一些美國人的生涯規劃，說自己有一些晚了。但也不錯，他現在已經有兩個孩子漸漸長大，有專職之後，可以全力工作，以後的負擔不一樣。在美國，同樣是博士學位，不同學科的學位，在大學教職中薪水不同，同一個系的同事，薪水也不透明，據悉人文社會方面，如社會學博士起薪約略在年薪三、四萬之間，碩士工程師在矽谷，大概起薪在年薪四萬五左右。

房東

偉強在的時候，住在溫哥華的房東夫婦和他們的女兒回來了，他們住在和我們同一個門進出的閣樓，相當於是一房一廳的大小。他們過來和我們打招呼，雖然是第一次見面，但是他已經對我們頗爲了解，知道小孩在綠湖小學上夏令營，也知道我們從台北來。他問我們有什麼需要，正好大門的第一道鎖已經壞掉，無法鎖上，從裡面鎖上，外面無法打開，我這個大門因爲有兩戶共用（我們這一戶和房東的閣樓），不能因一戶人在裡面鎖上，另一戶人無法使用。第二道鎖是根本關不上，經房東解釋後，終於知道，第二道鎖要把門往上提高，才能扣住。第一道鎖因爲故障了，房東說乾脆就拆掉算了。另外，洗臉槽和澡盆的水龍頭都會滴水，房東先生來看了後說，會找人來修理。

小孩把日記寫完，說明天要早一點去營隊，天一黑就說要上床睡覺了。這裡現在天黑時間大約在九點半左右，尤其是今天，太陽特別的明亮，天黑就準備睡覺，還眞的可以。

❶我一向認為學生喜不喜歡老師很重要，記得Sue在幼稚園中班剛開始學英文時，有一位Mr. Happy就是孩子很喜歡的老師，雖然他不會說中文，孩子也不會說英文，但是孩子喜歡去找他，和他玩，英文和英文老師都成為他們喜歡的東西。Sue和Max在麻州康橋的King School讀書時也很幸運，他們剛到，英文不熟，但每天都想去上學，相同的，英文和老師都變成他們所喜歡的。

❷這是清華大學的一個網站，內容非常的豐富。網址是http://vm.nthu.edu.tw/。

❸這位同年同月同日生的朋友，就是替本書寫序的謝世忠教授，我們是因為同一年在哈佛大學訪問認識的。

七月六日（星期二）

太陽很大

今天比較早一些到營隊去，Sue和Max已經熟悉，簽到後就自己去找東西玩了，我想看一下他們的互動情形，Sue就催促著說，爸爸你可以離開了，我想他們已經能適應了。這兩個小孩是滿能適應團體生活的，即使是昨天第一天到營隊，他們也面無難色，期待著這個令人興奮的營隊的開始。

下課後，兩個孩子的水全部喝光，說明天要帶兩罐水去上學。Sue因爲沒有帶帽子，兩頰被曬得通紅。電視上報導這幾天全美都是溫度很高，有些地方華氏一百多度，電視畫面更報導一些熱得需要救護車送醫的畫面，西雅圖華氏七十幾度，那眞是不算什麼熱，但是太陽還是滿烈的，希望孩子都能隨時戴上帽子。

華盛頓大學的Suzzallo圖書館

坐車去華盛頓大學

電話通了，首先接到開雲的電話說他要到學校去，問要不要一起吃個午飯。我們在Suzzallo Library前面碰頭。華盛頓大學圖書館的地圖所列出來的圖書館共有十八個（照華大的正式介紹，不只此數）。Suzzallo Library可以說是總館，另外還有東亞圖書館、法律圖書館、自然科學圖書館、音樂圖書館、戲劇圖書館、藝術圖書館、天文物理圖書館、工程圖書館、數學研究圖書館、化學圖書館，和社會工作圖書館。這使我想起，在哈佛訪問的時候，他們驕傲地說，哈佛大學校園之內號稱有一百個圖書館（世忠兄說是九十九個），眞是印象深刻。清華大學校園之內共有兩個圖書館，總館之外就是人文社會學圖書分館。其他物理、數學圖書分館，我到清大服務十幾年，還不知道在哪裡。

這是我第一次乘公共汽車到華大校園去。在這之前我已經來過許多次，但都是坐別人的車子來。坐公車是重要的經驗，在綠湖畔坐四十八路公車，公車站離住處只需三分鐘，這就是小孩換直排滑輪的地方。車票是美金一元，行車時間很短，沿著**Ravenna Blvd.**左轉接**NE**六十五街❶，遇到十五大道**NE**右轉，沒幾分鐘就到學校了。我在十五大道**NE**和**NE**四十五街口車站下來，從大門進入（這個學校的校園滿完整的，還有個有模有樣的大門）。在校園裡走了一圈，帶著照相機的人不少，我想這是很正常的，記得在東海大學、哈佛大學，乃至在清華大學，校園之內，也是經常充滿遊客，尤其是在**Harvard Yard**眞是遊客如織。

在公車上，我看見有人上車時向司機提示車票。經詢問之後才知道，本市公車在購票上車之後三個小時內，可以持原票繼續搭乘其他的公車，我看了一下我手邊的票，果然，有上、下午兩格，票的時間到下午兩點。以我爲例，在十一點左右搭車，在下午兩點以前可以免付費繼續搭乘其他車輛轉車。車票沒有日期，它由不同的顏色和字母組

華盛頓大學校門口

成，所以不容易重複，也就是一個人不容易有機會重複使用已有的票根。基本上是需要轉搭車輛的人，才需要向司機拿票，否則投了錢，不一定要拿票，也沒有人查票，下車也不必投回。這使我想起去德國時，汽車和火車的票在一定時間內可以相互轉乘的制度。由此，可知他們在鼓勵使用大眾運輸系統的努力，雖然兩地的票的系統不同。

午餐、咖啡和電子郵件

中午和開雲在University Way NE上的一家越南麵館吃了一碗麵，這是比較接近我們口味又方便的食物，隔壁也有家中國餐館，開雲說味道還可以。我的經驗是，不知道哪家好吃時，看看店裡的客人數量是很重要的指標。記得，一九九三年和中正大學的世雄兄在加拿大的Kingston吃中國菜，吃完後我們才恍然大悟，何以客人如此之少，此後，凡是無經驗的，都得先用餐廳的客人數量為參考指標。

在哈佛廣場旁邊，也有一家相同的越南麵店，同樣是高朋滿座。能夠以少數幾樣食物招睞客人，構成特色，不失為一種經營餐館的策略。記得在加州大學Davis校區時，曾經遇到一位在東海大學時大一英文同班的經濟系同學，他在那裡開了一家中國餐館，他的際遇就沒這麼好了，眞是只有門可羅雀可以形容。旅居國外，開餐館的人很多，但也有他們辛酸的一面。我這位同學正好是其中一個例子，全家人的人力都投入，收入不夠餐館開銷，還要靠太太教鋼琴補貼，後來據說也關掉了。

說起東海的大一英文，這是所有東海人的共同記憶。學校把大一新生按其英文能力分班，有人一個星期上五節課，有人六節課，有人卻被學校指定上七節課。英文老師大多是從外國來的，不諳中文的年輕學生，這眞是進入東海的一大特色，也可以說是東海送給新鮮人最佳的禮物。日前聽在東海任教的外文系教授說，因為教育部說教大學的人需要有學位，尤其是最好有博士學位，所以這種情形已經漸漸的不再，眞是令人惋惜。

餐後，和開雲到學生活動中心（Student Union）喝咖啡，我們談到何以台灣沒有一所大學有如此這般的理念，爲學生活動提供一個這樣的場所？我第一次見到美國大學的學生活動中心是在加州大學的柏克萊校區，眞的是印象深刻。清華也有幾棟學生活動中心，但是都作爲課指組的職員辦公處所，還有一些社團的社窩，其功能與此完全不同。

喝完咖啡，我們在圖書館的資料查詢處查詢國科會關於研究計畫的訊息，雖然不知如何在這樣的英文環境下輸入中文，但是在把字形（font）改成中文之後，閱讀中文卻也毫無問題。圖書館的資料查詢處，有一區是專門提供電子郵件的使用者使用的地方，其他終端機的人都在使用網際網路查看各種資料，另外還有提供打字輸入的地方。這和清華大學圖書館的終端機只准使用者查詢圖書館資料，有著天壤之別。我記得在哈佛大學的「科學中心」（Science Center），也是在咖啡廳旁的走廊上，提供許多電腦終端機，路過的人可以查電子郵件、上網際網路，即使是一個遊客經過，也可以免費使用，或用它來查相關信息。事隔多時，想起來覺得還是很好。

❶當地的道路都會在名稱之前或之後加上東西南北的方向，所以NE就是「東北」的意思。

七月七日（星期三）

空氣上升

昨晚Max的作業和日記還沒有做完就肚子痛，叫他早點去睡，一覺到天亮，又是一條龍。今天回來，又是精神不濟，我大概了解了一下營隊裡的活動，知道他其實就是太累了，叫他先去睡覺。果然，一上床就呼呼大睡，吃晚飯還差一點叫不起來。

這兩天，他們除了在綠湖小學活動以外，都有校車載他們出去外面活動，昨天在湖邊玩水，今天又到一個山上去，還走路回學校。這幾天帶去的兩罐水，全部喝光，可見活動量眞的很大。

這個星期在營隊的主題是「空氣上升」。他們在學校做氣球、做降落傘、丟飛盤……。帶隊的輔導員特別跟我說，他們替孩子的活動照了許多相片。大概是玩得太盡興，尤其是Max，全副精神的玩，耗盡了體力。帶去的食物，加上學校的早上、下午提供的點心，還不夠他消耗，太累了。Sue還好，她活動沒有這麼激烈，他們兩個同一組，回來所寫的日記卻也報導出不同的重點，眞是各有所好。

煙火警報器

爲了兩個小孩的午餐，早上煎了蛋和火腿，結果弄得警報器大叫。趕快把窗戶打開，拿個紙袋子，在警報器旁邊猛搧。兩個小孩起先嚇了一跳，後來覺得好玩，還說要寫在他們的日記裡面。

美國社會，廚房附近多數有這種警報裝置，對我們動不動就要煎炒的民族，是很容易觸動它的。我知道有些人，乾脆把它拿下來（這實在很危險）。

記得在麻州康橋的時候，一位台灣來的教授，她出門忘了爐上還有東西，結果警報大叫，驚動了公寓的經理。因爲沒有人應門，最後召來了消防隊，救護車，從窗戶爬進她在四樓的公寓，把瓦斯爐關掉。我們聽了都替她捏把冷汗，以爲這些費用需要由她支付。美國家庭一向講究這些安全，當然不能爲了煎炒方便，把警報器拿下。送小孩上學回來後，發現房子裡的油煙味還是很重，趕緊大開門窗。

普林斯頓

記得來美前，我的同事丁讚邀請我到美國後，去普林斯頓玩玩，到東岸走走，那時確實有點想。現在眞是一動不如一靜了，想趁兩個月在這裡的時間做點事，在台灣眞的太忙。和丁讚打個電話，知道他一切都好，一個四年級的小孩在學校適應得很好，現在也在當地的夏令營裡面。我說，我這兩個小孩也喜歡營隊的活動，語文也沒問題。他覺得很放心。這點，就我的經驗來說，是不需多慮的，記得他們從台灣到美國第一次上學時，英文眞是只懂幾個字。學校老師的態度和所設計的活動（正式學制的學校，不是夏令營），深深吸引他們，他們甚至還會問說，爲什麼星期六就不能去上學了？從這裡我認識到一件事，如果學校不能讓孩子想去上學，老師不能讓孩子想去親近，想要教好孩子的功課和生活，那是不容易的。

與丁讚提起研究食譜，解決孩子吃的問題，丁讚說，他已經煮了一年了。對，男人也是可以照顧小孩、燒飯和洗衣。不過還是需要學習就是了。屈指算來，我有許多男同事，都有自己帶小孩、照顧小孩生活的經驗。爲了給小孩帶水，今天去買Brita濾水器，以前在康橋時也用這種，現在正好在打折，原來賣美金二十一．九九的現在賣十六．九九。內附一個濾心，可以用兩個月。這樣也好，也許是台灣的環境使然，沒有濾過的水喝起來還是沒有這麼放心。即使美國多數的城市都號稱打開水龍頭就可以取水喝，但我也看到商店裡普遍的都有賣水，尤其是如果要泡茶，我想濾過是比較好的。這就是Brita濾水器的廣告，在包裝裡經常配有兩包立頓紅茶，提供消費者做實驗。

另外，今天也寄了一些信，寄到台灣是六十分錢（約台幣二十元），美國境內是三十三分。各買了一些郵票，在華盛頓大學給我的電子郵件接通以前，可以寫信。晚上，兩個小孩就合寫了一封信給媽媽。

七月八日（星期四）

參觀飛機場

今天營隊的主題活動是飛機，孩子坐校車去飛機場參觀飛機，機場替他們安排介紹，並請消防隊做防火的示範。Max和Sue回來以後就閱讀家裡有關飛機的書，說哪一個飛機是他看過的，叫什麼名字，還信心滿滿地說明飛機的顏色是怎樣塗上去的。

另外他們發現機場的消防車是綠色的，不知道是否因爲是機場的消防車如此，或另有原因？西雅圖街上的消防車，還是紅色的。

警報又響了

今天早上煎蛋和煎火腿時，煙火警報又響了，大概還是煙太大了。尤其是火腿，好像不能用油在鍋裡煎，弄得像在台灣的夜市那樣，滿鍋都是火。以後還是要多用水煮，煎蛋只是因爲孩子的午餐所需。這兩天，他們都帶玉米去，看起來還不錯。

一支鑰匙開兩鎖

正好一週過去，洗了幾次衣服，房東把兩道鎖都換新了，我有一把新的鑰匙。兩道新鎖一把新鑰匙，對我來說，這眞是有趣的事。幾把鎖用一把鑰匙，可以說也是一種美國文化了，記得十年前初次到加州大學的Davis校區，頭一天，拿到研究中心的鑰匙就是一把鑰匙，可以開大樓的大門、開研究中心的大門，好像還可以開廁所的門（加州有許多廁所都是上鎖的，例如在加州大學柏克萊校區附近逛書店，要上廁所都要向櫃檯去索鑰匙）。在康橋的時候，也是一樣，我住的公寓，其中有一把鎖同時可以開大門，可以開洗衣間，可以開垃圾儲藏室。❶

一支鑰匙可以開好幾個鎖，可以免去身上有一大把鑰匙。在台灣，我的身上大約經常要有十把左右的鑰匙，研究室的、辦公室的、車子的、家裡的，而且每一個門都有好幾把，車子也要好幾把。拿我們的研究室來說，因爲過去被偷怕了，除了學校在走廊裝電眼錄影以外，各個研究室都加裝了鎖，裝得多的，遠遠看起來，像是一排鈕扣，因爲每一個鎖需要一支鑰匙，開起門來，需要特別多鑰匙。

一支鑰匙可以開幾個門，有它的優點，也有它的缺點，就像我的房東在同一個門上，裝了兩個鎖，但只需一把鑰匙，這不就是等於少了一道安全了嗎？何不就裝一個鎖就好？在台灣，如果一個人有一支鑰匙，還不足以開兩道門。理論上兩個鎖，兩隻鑰匙，兩道安全。但是通常口袋裡都是鼓鼓的鑰匙，一旦掉了，配鑰匙要好多錢。

❶垃圾一週收一次，其餘的時間各住戶把垃圾分類包裝好，放在這棟樓的垃圾儲藏室，收垃圾那天，公寓管理公司的人會負責把垃圾拿出去。

七月九日（星期五）

放風箏

今天營隊活動的主題是風箏，小孩乘校車到一個很大的公園裡去放風箏。老師帶了很多風箏，三個小孩一組，先告訴他們風箏為什麼會飛起來，要怎麼放風箏，Max的風箏卡在樹上，他們設法把它拿下來。

星期一（七月五日）開始，他們經歷了氣球、降落傘、飛盤、飛機、風箏等幾個遊戲所構成的「空氣上升」這個主題。孩子們除了好玩、曬得黑黑的以外，不知道有沒有學到相關的知識。不過這似乎不是太重要，這樣的經驗，本身應該也是一種知識。希望在這個過程裡也多少能學習一些待人處事的態度。這是YMCA在夏令營的廣告上所說的。

今天特別熱

這幾天除了早上很涼爽外，對當地人而言都是豔陽高照的日子。但對我們來說，雖然也熱，但還算好。我們租的公寓是在二樓，但已經是頂樓。記得在台灣，Max睡覺時都是滿頭大汗，每天如此，不論是否開冷氣，這幾天在這裡卻好多了。夏天的西雅圖、舊金山眞是涼得沒話說，記得第一次到舊金山，就是六、七月的天氣，一下飛機，被冷得剩下半條命。在街上，有人穿大衣，也有人穿短褲。他們不說這裡很冷（cold），但是非常的涼（cool）。這幾天，氣象報告，全美各處都熱，在這裡算是不錯了。我們住的公寓只有暖氣設備，沒有冷氣。就我所知，有許多人的汽車也是沒有冷氣的設備。暖氣一方面比較容易，只是把引擎的熱氣引進，另一方面也比較重要，尤其是在會下雪的地方。

乾、淨

所謂熱不熱，不一定是指一種絕對溫度，人們感覺熱不熱和舒不舒服，和溼度也有很大的關係。在比較乾燥的地區，因爲不容易流汗，所以舒服很多，例如許多年前在Davis的生活經驗中，夏天騎腳踏車到學校，騎一趟回來，白衣服的領子還是白的。不像在台灣，夏天時每天換衣服，領子都是黑的。一方面雖然和空氣有關，但是溼度卻是關鍵因素。

中文裡把「乾」和「淨」擺在一起，是很有道理的，也就是說眞正的乾淨，必須要淨也要乾，如果只有淨，而沒有乾，可能無法眞正的乾淨。這可能是在電影上，我們常看到有人用乾燥的布把碗盤擦拭乾淨的原因。乾燥不容易讓細菌滋生，所以在比較乾燥的地方，女性生產後縫合的地方，甚至可以不必上藥。氣候與一個社會的生活或文明有著密切的關係。這個時候，我終於體會到年鑑史學的大師F. Braudel寫《資本主義與文明》的第一冊的原因。

綠湖圖書館

七月十日（星期六）

市立圖書館

離我們住的公寓幾分鐘路程，就有一個市立圖書館。孩子基於以前在康橋的經驗，早就想到去圖書館的樂趣。今天圖書館的開放時間是早上十點到晚上六點，昨天傍晚我們到湖邊戲水的時候已經看過開放的時間。

十點多，孩子已經留不住了，我們一起去這個綠湖圖書館。住在這裡一個星期才來圖書館，眞是有點對不起他們（也對不起這個圖書館）。這個圖書館是西雅圖公立圖書館（Seattle Public Library）的二十五個圖書館中的一個，總圖書館在市中心，照台灣的說法，這應該只是一個分館。孩子們直接衝進去了，我先幫他們分別申請一張借書證。幾次的經驗告訴我們，他們並不詢問身分證件，我塡好他們的姓名、出生年月日、地址和電話，並在家長欄簽了字，因爲他們已經能讀書、寫字，所以兩個小孩也分別在自己的姓名欄簽了名。圖書館員在幾分鐘之內，發給他們圖書館的借書證，孩子們分別在借書證後面簽字，所有的手續就完成了。

圖書館員熱心地爲我們說明一些規定，並給我們全市的圖書館的資料，包括地址、電話、開放時間、圖書館提供的資訊、借書證的使用、權益、借閱的CD、錄影帶、卡帶、雜誌、書籍的數量及逾期罰款的規定，還有密碼遺失或忘記怎麼辦，遺失及重新申請等，都有詳細清楚的說明。還有一些關於保密的政策。圖書館明白說明，圖書借閱記錄之隱密性，受到華盛頓州法律的保障，也是西雅圖公立圖書館的政策，所以只有持卡人才可以知道借閱的記錄，還有在一些情形下，父母親與法律監護人可以知道孩子的借閱記錄。如果一個孩子的父母親或監護人提示圖書卡，但小孩並不在現場時，也不能提供關於借閱的內容。可見，美國人對於隱私權的重視，即使是對小孩也一樣。

談到隱私權，辦理圖書證的時候，需要有一個PIN number，就是台灣俗稱的密碼。這個密碼通常假定是電話號碼的最後幾個號碼，或某人的生日，這樣比較不容易忘記。圖書館認爲這是保障隱私的一種方法，可以不讓陌生人，甚至是家人和他人，即使是擁有你的借書卡，但是也不能接觸你的借閱記錄。如果眞正忘記了，圖書館員也不會告訴你原來的密碼，你只能重新輸入。借書的話，有新的資料後可以馬上發生效用，但是網際網路方面的使用，則需要過幾天才可以。這可能表示即使圖書館員，也只知道你說的密碼對不對，當你說錯的時候，他可能並不知道你眞正的密碼爲何？這和台灣的郵局在領款的時候，需要把密碼寫在取款單上，眞是有天壤之別。通常，在美國的一般銀行申請帳戶，當你輸入密碼時，承辦人員也是需要迴避的，這個密碼理論上只有使用者一個人知道。

七月十一日（星期日）

星期天的公車

今天是兩個小孩第一次與我一起搭乘公車，司機小姐說，小孩子星期天免費。我們漸漸了解這裡的公車理念和設計，除了小孩週末免費之外，也可以一次付二元買整天不限次數使用的票，這種票在一天之內，可以在全市坐公車，算起來是很合算的。另外，剛到西雅圖，我們看到公車前面的保險桿上面有兩個放腳踏車的位置，有時候有腳踏車，有時候沒有，後來才知道，除了在一些時間地點外（如早上六點和下午七點在市區免費乘車區除外），騎車的人可以把車放在車前，下車後取回，不須另外給付費用。

腳踏車架

我想這是鼓勵騎腳踏車的人也可以搭公車的構想。西雅圖市，某些路段設有腳踏車道，但是不解的是它設在內線，記得德國幾個我曾經去過的城市，也在人行道邊設有腳踏車道。有一次，我和幾位台灣去的友人走在腳踏車道上，腳踏車騎士不太高興地提醒我們，這是他們專用的道路。在加州的Davis，這個我曾經待過一年的小城市裡，幾乎每一條路都設有腳踏車專用車道，這個城市又名單車城（Bike City），十年後想起還眞是懷念。在舊金山灣區的地鐵，通常在最後一節車廂，也接受腳踏車騎士把車子帶上地鐵去。這樣對於騎腳踏車旅行的人而言，有許多方便。不知道台北捷運是否讓腳踏車也上最後一節車廂？

Burke博物館

四十八路車在十五大道NE和NE四十五街口有個車站，從華盛頓大學的NE四十五街校門進入校園，入口右邊，有一個以「西雅圖的時間與生活」爲主題的博物館。大致說來，分成三區，一區是以魚類、恐龍爲主題的展覽，也有一些別的展覽如蝴蝶等，有許多地方是讓小孩可以動手做的設計，另外也有一些化石等。這次展出的主題是「嚇人

在Burke博物館中

的魚類」。另一區是以地形變動爲主題的展覽，如冰河、火山等等，其中提到西雅圖的冰河期，冰塊之高比現在西雅圖地標Space Needle還要高上五倍。這使我想起和世新大學的良文兄在紐西蘭觀看冰河的印象，過去在課本裡讀冰河期，老實說是似懂非懂，只有親臨現場，看到所謂的冰河是由一條這麼高大的冰塊所組成，才能了解地理課本裡所謂在冰河時期，哪些地方被切割成什麼樣子的解釋。第三區以人文爲主，有許多印第安人的圖騰和獨木舟的收集品。其中有一幅畫是酋長西雅圖的畫像，西雅圖這個城市就是以他的名字爲名。據了解，以印第安語命名的地方也在美西許多地方發生，例如著名的國家公園優勝美地（Yosemite）即是一例。第三區在地下室，同時也有世界各地的生活文明的展覽，中、日、韓、越南等，都附有觸控銀幕的電視節目說明，不過要以此來了解一個地方或國家的文化，還是失之於簡單的，兩個小孩也對這區比較不感興趣。

入場券，以展覽的內容和多寡來說，不算便宜，大人收五．五元，小孩減半，五歲以下免費。與紐約大都會博物館、波士頓的博物館相比起來，這眞可算小型的博物館了。這使我想起，在美國許多大學都有博物館，例如麻州理工學院的科學方面的展覽，哈佛更不用說，校園裡有好幾個博物館，成爲所有當地學生上課時必須去參觀的去處，也是許多人到康橋去的主要目的。

通識護照

清華大學通識教育中心的俊秀兄，曾經開過一門「通識護照」這樣的課。我不太清楚這門課的內容，但他曾經給我的小孩兩本通識護照，我很後悔這次來西雅圖沒有把它帶來。

這本通識護照的設計之一，就是在各處參觀時，在上面蓋章留念。這種蓋章紀念的

Burke 博物館內蓋章的地方

設計，在國外一些地方頗爲流行，許多博物館都有這種設計，Burke博物館也有。這個博物館，不只設計印章，還提供一張厚紙條，一共可以蓋七、八印章，印章上所寫的有些是關於華盛頓州的山的隆起、火山爆發、熔岩流出；有些則是關於華盛頓州一些千年的老樹的說明。參觀者可以蓋上這些印章，帶回去紀念。

照例，博物館裡不能用閃光燈照相。參觀期間，我發現工作人員仔細地把沾在玻璃上的指紋和觸摸的痕跡清除，可見維護的工作很徹底。「維護」其實也可以說是一種文化，我在新竹住家附近有一個公園，過去十年，這裡的兒童遊樂設施，就是蓋好後任其毀壞，一直到下次打掉重做，期間兩三個鞦韆只剩下一條鏈子，根本沒有人維修。其他地方，例如新竹市新蓋的體育館，噴水池裡都是垃圾，盆栽都已乾枯，背後的文化是一樣的。下次有活動的時候，所有盆栽將全部拔去，另外再新種，然後再任其乾枯，再新種。根本沒有維護的設計，如果有這個設計，那就是沒有執行的機制，或根本沒有這樣的文化。

打折

離開博物館之後，在大學路逛逛，因為過兩天小孩子要去露營，需要一些東西，可以順便買一買。這裡和一般大學附近一樣，各種物品一應俱全，我們買了幾件T恤和大學的帽子，都是打折的商品，原價在十六元到十八元之間，打折以後是五元（兩者都是未稅）。

這使我想起台灣的打折和稅。關於前者，我們常常看到週年慶、國慶日、中秋節，各種打折的名目和理由，這裡也是一樣，一年到頭都有打折的理由。所不同的是，根據我的經驗，台灣大多數打折，並不實際，有些是提高了原價，再打七折，即使是五折，還是覺得貴。不嘛就是，噱頭多，還有不實抽獎活動。例如，有一次我發現在新竹的遠東百貨公司，有一款收錄音機，還有CD唱盤的功能，我們去的時候，店員說已經賣完了。那我們怎麼辦，算我們來得太遲？白來了一趟？廣告的目的就是替百貨公司製造人潮？我相信，去問這一款機器的人可能不只我們。

在美國有何不同？當然不同。廣告上有，而實際的貨已經賣完，通常還是可以下訂單（rain check），過幾天後以廣告上相同的價格來取貨。不會以「賣完了」，這麼簡單的理由面對因廣告而來的消費者，除非廣告上另有說明。

關於稅，記得台灣也實施過一段時間所謂的外加稅的制度，就像美國現在這樣，明明看好東西是五元，結算卻變成五．四三元。因此在台灣，有許多店在客人問價錢時會問開不開發票？易言之，如果不開發票，商家不報稅，消費者也免付一部分稅金，這種情形，在美國沒有看到。外加稅，已是日常生活的一種。所不同的是，美國不同的州，使用的政策也不相同，有些州的稅率高，有些州的稅率低，也有一些是隨商品而定，例如加州的食物不扣稅，外州來買書也不扣稅，在麻州衣服和食物都不扣稅（世忠說衣服二百美元以上需要扣稅）。也有免稅的州，如麻州北邊的新罕布夏州就是一個免稅州。

很多人開車去買東西，有些店甚至就設在剛過州界的地方，記得在哈佛時，有一位日本來的教授 Keiji，就專程到那裡去租了一年四輪傳動的汽車。

露營週

豐富的森林

七月十二日（星期一）

準備露營

這個星期營隊的活動主題是「豐富的森林」。除了例行的玩、遊戲以外，活動的焦點是關於野外露營的介紹、解說。上週，已經接到準備物品的通知，大致是：需要保暖衣物三天份（事實上是三天兩夜的衣服、雨衣、多幾雙襪子）、睡衣褲、兩雙鞋子（建議要合適於爬山使用的，不要涼鞋或腳趾那邊有開口的鞋子等）、防曬油、帽子、防蟲油、游泳衣和大毛巾、水壺、手電筒，進餐時需要用的杯、盤、碗、刀、叉等等，還有洗澡用的二十五角銅板。

通知單上特別叮嚀，不要帶太多包包。一般的情形是一個大袋子、睡袋和隨身的背包（裡面放置如泳衣、午餐、水等，離開營地或校車時需要使用）。特別是，希望孩子們不要帶金錢、貴重物品、隨身聽、電動玩具去，以免遺失、壞掉或被偷走。

我們家從未帶小孩去露營過，除了幾年前在新英格蘭的普里矛斯，隨當時也在哈佛訪問的中研院民族所英海兄一家人去露營外，孩子可說並未露過營。不過露營也可以說是他們長時期以來的夢想。記得那次英海兄露營將近一個月，我們去插花住了兩天，兩家八個人住在一個營帳裡，營帳還分成兩間，我們一家住一間，帳蓬裡有電視，有冰箱，英海兄還把電腦搬去工作。每天來回共開兩個多小時的車，把小孩送回康橋來上夏令營的活動。

從那以後，Max和Sue還有他們來訪的朋友，經常在房間裡用床單、椅子、手電筒及各種道具露營。晚上，甚至還想要住在自己搭的床單帳蓬裡面。自從知道夏令營活動項目裡也有到外面去露營的活動，除了體貼地說，不好意思把老爸一個人留在家裡以外，無不每天期待著它的來臨。

網路

今天，綠湖圖書館從下午一點開放到晚間九點。這個圖書館，除了有豐富、吸引小孩的藏書以外，還有一個吸引他們去的理由，就是有電腦可以用。

圖書館裡的電腦除了行政人員使用的以外，還有一些是提供使用網際網路的服務。有些只能查圖書館的書刊目錄，有些則可上網際網路，例如我就可以在那裡透過Hotmail查閱朋友寄給我的電子郵件，我看也有許多人是去那裡使用這類服務的，可見他們已經把WWW和Internet的使用當作日常生活的一部分。所有使用網路的人都知道，網路上的時間過得很快，如不做限制，很容易一使用就超過一、二個小時。所以他們也有一種使用規則：規定每人一天只能使用一次，一次半小時。所以你到了那裡，如果有人在使用，你可以在預約表裡填上你的名字，半小時以後，你就可以使用，算是方便。

這些電腦中，有幾個終端機上面寫明，只能由四年級以下的孩童使用，兩個孩子在這裡，玩魔術校車（Magic School Bus）的遊戲，這是他們最喜歡來的理由之一。另外看漫畫書、各種傳記、小孩的書籍，眞是琳瑯滿目。

免費電子郵件

西雅圖社區網路（Seattle Community Network, SCN）是一個由志願工作者經營的電腦系統，提供網際網路的連接服務，這是一個非營利組織。用西雅圖社區網路的帳號，可以從家裡的電腦或圖書館的電腦上網。使用者若能夠捐獻二十五美元，就可以終身擁有使用帳號。申請者把表塡好寄去，就可以得到一個帳號。這個服務和台灣一般免費電子郵件不同之處就是他們提供撥接的電話號碼（伺服器）。在美國，很多人都是申請不限次數使用的當地電話服務，所以有這樣的一個號碼，就等於免費上所有的網路，不限時間，不需要另外付費。台灣有很多人有免費的電子郵件帳號，卻只能從WWW上簽入（log in），那等於是只能作爲第二個或以上的電子郵件帳號，另外電話費也是驚人的，所以一般人不太容易使用，尤其是在鄉下，一般的撥接伺服器在城裡，需要使用長途電話撥接，費用很高。如果我們一般的圖書館，如鄉鎮的圖書館，也可以提供這樣的服務，也許可以有所改善。

七月十三日（星期二）

也是準備露營

這兩天，營隊的孩子除了在綠湖小學的校園裡玩、到綠湖畔的沙灘去戲水外，輔導員就是向小孩說明露營的計畫和準備。有些是注意事項，有些是好玩的，例如不要帶糖果去營地，那樣大黑熊晚上可能會來一起睡覺等。下午的時間多數是去綠湖灘戲水、游泳。

公與私

這幾天，我住的公寓停車場對面有一棟房子在整修。來西雅圖前沒有多久，我在新竹的鄰居也在整修房子，但是其中有些地方是明顯不同的。在西雅圖這裡，這個正在整修的建築物旁邊，有一個很大的容器，從房子裡拆下的地毯、清除的穢物，都放在這裡面，容器旁邊，沒有掉落的東西，整齊乾淨。這個容器，其實就是一個拖車的設計，裝滿之後，就被拖走，廢物也算是清除了。

我在新竹的經驗卻是完全不同，因爲新的屋主所進行的整修，幾乎是沒有考慮同一個大門進出的二十戶鄰居。所有從他住家清除出來的廢物，都丟在大門口的馬路上，有木條、鐵釘、磚塊等廢物。堆久了，附近有些人也把家裡的垃圾丟在這裡，因爲它看起來就像是垃圾堆。大門的另一邊，就堆滿施工所需的砂石。門口形成了一個大垃圾場幾個星期。

這樣的情形在台灣並不特別，我想很多人都經驗過。星期六、星期天，家人都在家裡的時候，鄰居也照樣施工、敲打牆壁不誤。還好我們的文化一向非常地包容，誰去反應，反而會被責怪不懂得敦親睦鄰。於是大家都是若無其事，見面還要親切地打招呼。

我記得那次的施工，不但樓梯間堆滿了材料，木匠工還在我們家門口架起了電鋸，幹起活來。還好，後來管理委員會幫了一些忙，在我們的社會裡，這樣的事並不是很好處理的。記得有人抱怨警察不逮捕打傷他的狗的鄰居，但是卻也沒聽到養狗的人如何處理他家的狗對鄰居所造成的困擾！

七月十四日（星期三）

Fort Flagler州立公園露營

Fort Flagler州立公園在Marrowstone島北邊的Jefferson縣。占地七百八十三．二八畝，三面環海，有一萬九千一百呎的海岸線。這裡共有一百零二個標準露營地、兩個團體露營區、四個腳踏車場地，和一個環境學習中心，這裡還有一個美國幼獅旅館。

期待了好幾天，今天終於露營去了。前幾天忙著向朋友借睡袋，最後偉強借了兩個睡袋給我們，我也買了一些需要的東西，例如手電筒、即可拍照相機，希望小孩可以留下一些美好的回憶。

所有的東西一共裝滿了一個旅行箱，因爲我們沒有像在台灣的那種麻布袋，只好用旅行箱。原本想就這樣拖到營地去，後來想拖到那裡雖然只有幾分鐘路程，但輪子也可能耗損很大。只好請靜雯順路幫我們把東西載到營地去。

什麼都準備了，唯一沒做到的是雨衣，今天早上雲層很厚，就是怕下雨，前幾天問了幾處，都沒有小孩用的雨衣，只好給他們帶雨傘去。問了一下營地的工作人員，他們說還好，而且營地還有那些提供熱水洗澡的建築物，有校車和YMCA自己的車在那裡，所以應該還好。孩子當然不懂我們的擔心，快樂地露營去了。

西雅圖鬧區

小孩去露營了，要三天兩夜才回來。開雲下午來載我去西雅圖的城裡，同行的還有東海大學的彩滿，她去Madison開會正好路過這裡。雖然以前我也來過幾次，但是這次路走得比較多一些，對這裡幾個景點的相對位置有了清楚的了解。我們先把車停在「西雅圖中心」，然後坐單軌車到鬧區去。朝海灣走，就到了Pike Place Market，這是當地有名的Public Market，也稱爲農民的市集（Farmers Market），廣告招牌說：在這裡可以遇到生產者。西雅圖著名的咖啡Starbucks就是從這條街發跡的，這個市場有一家魚產店，夥計有丟魚和接魚的絕活，經常吸引許多遊客駐足圍觀，也算是這個市場的一景。我記得第一次到西雅圖來時，Gary就帶我來這裡，他很興奮地告訴我這裡一些

Pike Place Market的賣魚表演

事，但是我只覺得就像是我們的菜市場，不同的是，比較乾淨有序而已，不過這樣的地方在以超級市場爲主的美國社會裡，確實是少見的。

記得十年前住在Davis的時候，週末去農民的市集買東西，也是當地許多人的重要活動之一，在波士頓也一樣。這種市集變成了觀光的對象。據說，前陣子曾經討論是否拆除這個市場，結果確定Pike Place Market是不能拆掉的景觀，開雲說同時通過的景點還包括Space Needle。事實上，拆除Space Needle也就等於是拆除了西雅圖的招牌。Pike Place Market的不能拆除，可以看得出來它具有類似的重要性。

沿著海灣走，我突然感覺渡輪在西雅圖地標的意義。除了Space Needle以外，許多西雅圖的照片，都以渡輪爲取景的對象，介紹西雅圖的書說：「渡輪在西雅圖日常生活中是很重要的。」碼頭區，許多人正排隊乘船出去觀看夕陽和西雅圖城市的夜景。

夜宿Edmonds

我們來不及等待夕陽西下，因爲九點半才天黑，如果乘渡輪出去看西雅圖的夜景，勢必是太晚了。回到「西雅圖中心」，開雲的車沿著五號公路往北走，一直到了一百七十九號出口下來，又走了一段路，來到開雲在Edmonds的住處。

西雅圖著名的Space Needle

這棟房子有七個房間，是一位有四個小孩的教授的住宅。開雲住了其中一間，我睡在二樓的小孩房。晚上非常地安靜，早上起來看到隔鄰之間的垂柳，構成了一道綠色的牆，漆成白漆的木頭陽台，寬敞的客廳與起居室，我相信也是許多美國人一輩子追求的夢想。

到開雲的住處稍事休息、聊天之後，到海灣邊的Arnies餐廳，開雲點了最好的酒，我點了最貴的魚，開雲和彩滿都點比較簡單的晚餐。在夕陽西下的時分，眞是享受極了。窗外的遊艇、碼頭、海鳥，景象令人難忘。

在Edmonds小鎭的一處住家

七月十五日（星期四）

今天收到文智一封關於命名風波的信，我也回了一封，經同意收錄在這裡。文智目前是加拿大魁北克拉瓦勒大學的人類學博士候選人。

張老師，你好，

寄給你一篇抒情的小文章，是用以抒心中塊壘的，從中亦可見我近來思考的端倪，重視感情道德價值的心理的我，邊寫邊發現我在作有點人類學的詮釋，父親這事關乎某種近於宗教的執著，很中國?!

再談，祝好

文智

命名風波

原本不孕且懷胎過程中險狀頻出的嫂子，幾乎是搏命地生下一個男嬰。小孩的取名造成的家庭風波，讓我更多認識一點我的父親，以及一種中國式的家族與個人的生命感。

那天傍晚，和哥哥同時去醫院的早產兒病房看小孩。出生三個多禮拜終於有了名字。之後，我回家才知哥哥已經在我到家前先打電話回家，報告小孩取了名字的事。火爆的一幕剛過，氣氛還很沉悶。

父親不是壞脾氣的人，媳婦與公婆之間的不融洽，他很少說什麼。這次他真的很生氣，說重話仍然只是教訓自己的兒子。小孩的名字是嫂子取的，是一個希望命好、飛黃騰達的名字。哥哥居中折衝的結果是使嫂子放棄算命家的取法。他認為最後依妻子的意思取得還算好聽，起碼不是「算」出來的彆扭名字；這算是一個可以接受的結局。我們都了解他夾在中間夠為難的。畢竟，嫂子是差點把命賠上，才產下這不足月的嬰兒，她想依自己的意思給孩子她的期望與祝福，當然是合情合理的事。但是話說回來，在我們的文化裡，小孩畢竟是和家族觀念分不開的。父親這邊氣惱的是小孩終於沒有用他取的、中間嵌上一個「孝」字的名字。他老早決定從他的兒子輩開始，他要用「忠、孝、仁、愛、信、義、和、平」的排序作為名字中間那個字。用這些代表傳統德目的字來傳家，看起來當然有些保守、老套。

然而父親是怎樣一個人？他是最不幸的一代中國人中的一位；離鄉背井到台灣，生離家園，死別父母。在孤立無援的情況下，撫養四個小孩，辛苦建立了自己的家庭。今年春節，他退休之後勤練的毛筆字派上用場——自己寫春聯！他翻唐詩找句子，問我的意思：「少小離家老大回」呀，還是「獨在異鄉為異客」？「呸、呸、呸，你的家和你兒子孫子不在這兒啊！大過年，什麼獨在異鄉的……」話沒說完就被我搗蛋地堵了回去。可是我心裡有點痛：他到底不覺得這裡是家？他是個不相信鬼神的人，從不忌諱什麼，對宗教之事的否定態度完全來自他自己的生活歷練，在我看來是氣壯理不直，近乎頑固。年節祭祖，行禮如儀，也只是意思意思，尤其對置辦供品不感興趣：他對祖先們真的會來享用的想法，大概是嗤之以鼻的。因為父親這方完全沒有親人長輩，前不久我問過他將來身後事要怎麼辦？他說都已寫好了放在口袋裡，大致是說：辦死亡登記、焚化、子孫們也別披麻戴孝、帶著骨灰到東北角岸邊灑向海裡，他就可以「回家」了！這是他的鄉愁，他的葉落歸根的辦法。

命運沒有給他機會發展事業，靠開計程車賺的是血汗錢。不管命運給他多麼無情的打擊，他終究盡了最大的努力，靠自己的力氣撐過來。現在他看到了第二個孫子的誕生，照說是遲暮之年的一大安慰。但是他甚至沒辦法依自己的意思幫這嬰兒取名字！他覺得大為傷心。

一輩子辛苦，他沒有家產留給子孫。他能引以為傲的是子女都受了高等教育，「在正途上走」——這是他最常給自己下的評語。他這麼地強調他對子女的責任感，曾經使年少叛逆時期的我覺得厭煩。顛沛流離，遠離詩書，謀生靠的是技術和氣力，老家的家譜和世代排序用的高雅句子也都不復找尋。預想中用「八德」來重新開始給後世子孫命名，對他來說正是負起一種家族延續的責任吧！我想我這樣詮釋並不為過。他是一個求上進、相信書本文字、相信教育的人，但是沒人給他機會受好的教育，我知道這使他終生引以為憾，並且投射在對子女的期望上。他正正當當地跑車賺錢，但是心裡並不認同那個他以為「卑微」的職業。他的尊嚴，來自一輩子做人處事憑良心，他是真的相信那些在我們眼裡過時、甚至還有點迂的道德價值的。

那一晚，他在電話裡對哥哥說的氣話其實是在傷自己：「我做人那麼失敗，連給孫子取名字都不行！」被否定的感覺讓他睡不著，心裡氣惱折磨，嘴上只說天氣太熱。

他是疼小孩的人。雖然生氣時說小孫子難道姓了別人的姓！可是他怎能不去愛這出自自己血脈的小生命？這些日子裡，他隔天就頂著大太陽、坐一兩個小時的車去醫院，就為了那二十分鐘時間能看看孫子。小孩命名的這個心結，會讓他彆扭，讓他的愛沒法子完整、暢達。這是為人子女不忍見的。

命名象徵權威與地位

文智，收到你幾天前寄來的E-mail，因爲來西雅圖的關係，所以晚了幾天才看到。我想是的，按照「我們的傳統」也是這樣，我可以了解你父親的心情。過去，取名字這件事是一件長輩的大事，如果有長輩在，當然不會是由媳婦來取名的。

我們家也有這種依照一副對聯的詩句內容來給小孩排輩分的例子，例如我記得我們家族就有一對詩句：「信世維良昭允吉，傳家致善發祺祥」，我就是「維」字輩的。就這樣，家族見面時，尤其是上百人一起掃墓時，不論實際年齡，只問輩分，眞是很中國。

不過我這一代，因爲小孩出生時，我父母親都已過世，都沒照輩分取，只有我大哥的小孩照輩分取名字，大哥比較守規矩，他替小孩取了「良」字輩的名字。女性就不管輩分了，好像外省人裡，把女性也照輩分排進去取名字的比較多，看起來比本省的閩南或客家，更重視女性在家族裡的地位。

另外，我想命名多少也代表一些權威和地位吧（看國民政府在台灣各地的命名，每個城市的主要道路的命名，多少知道一些）。立足在傳統文化裡，一個年紀老的人，如果連自己的孫子都不能取名，似乎是不但權威盡失，而且連地位都感覺沒有了，你說不是嗎？說是傳統也好，還是你所說的近於宗教的堅持。多替他的立場想想，時間會證明，他還是愛這個孫子的。

當然我們還是可以問，爲什麼母親不能替自己生的孩子取名字？也許傳統和文化也可以給我們一些理由吧，雖然傳統不一定「對」。

維安

七月十六日（星期五）

睡袋溼了

星期三就有點陰陰的，照常識判斷，下雨的機會很大，直到昨晚兩三點，突然雷雨交加，這是我第一次在西雅圖聽到雷聲，第一次聽到這麼大的雨聲。天亮了，地已經乾了，天氣轉晴。我心想著，營地的情形，也許已經逃過大雨，因爲下雨的時候，正在帳蓬裡睡覺。

下午四點鐘，接他們回來的時候，才知道，全都溼了，兩個睡袋重得很。衣服、帽子、枕頭，全都溼透了。樓下的洗衣機太小了，可以想像如果把睡袋丟進去洗，不知道是洗衣機會壞掉或者睡袋會壞掉？於是把兩個睡袋晾在門口，風乾。

回到家裡，孩子們忙著寫這三天的日記，還有每天都要寫的國字作業。

有小孩的父母眞幸福

經過三天兩夜小孩不在的孤單，越是掛念他們，雖然手邊事情忙不完，還是希望他們早點回來。多數的父母都是如此，替小孩付出，但卻不抱怨，甚至還說値得。這種感覺，在平常忙碌的時候，並不覺得，甚至會認爲如果小孩不在多好，這樣可以多出很多時間來。只有他們眞的不在的時候，才會感覺到他們在家眞好。

這使我想起社會學理論裡有一個這樣的說法，就是平時常用的原則、遵守的規則，我們不一定知道或意識到，只有當它面臨被破壞或被中止的時候，行動者才會意識到它。也許有些原則也正好就是這樣，需要有一個不一樣的機會來提醒。讓小孩離開幾天，確實是個不錯的機會。這種感覺也一樣發生在夫妻之間，有人說小別勝新婚，大概也是這個意思。

日常的規則是不易觀察的，有一段距離，反而比較看得清楚。

七月十七日（星期六）

圖書館

昨晚睡得比較遲，今天起來已經不早。本來想去動物園，但是孩子想去圖書館，在那裡有各種他們喜歡的書、雜誌和軟體，這次因爲家裡沒有錄放影機，所以沒有借錄影帶。不然我們也常借視聽的材料，如CD、錄音帶和錄影帶。

看到圖書館的情形，每每讓我想起台灣什麼時候也推行過「書香社會」的活動，可是成效不彰。台灣人不喜歡讀書嗎？我想也未必，我常見到在市區的一些書店裡，有許多人擠在那裡，站著讀書、看雜誌，當然他們也是買者。在童書的部門，更是不得了，小孩席地而坐，一坐就是幾個小時。我第一次在麻州的康橋經歷所謂「兒童圖書館」（Children's Library）的豐富，它同時也是小孩回台灣以後最想念的去處之一。在這種環境裡，小孩主動要求去圖書館，絕不是一項奢求。

兒童圖書室的夢想

我曾經有一個夢想。

我想像中，清華大學是一個社區，有幾百戶教授家庭住在這裡或在附近。所謂的社區就是住在其中的人，他們能夠相互的關心，人們之間有「我們」的感覺。另外，這些教授們的小孩擁有父母從世界各地收集的書、音樂、玩具。無論如何，孩子們會長大，孩子長大以後這些東西到哪裡去呢？依照台灣社會的處裡方式，最可能送給親朋好友，有些可能就是藏在家裡，過一段時間，當廢物處理，流通其實不大。

如果清大是一個社區。我想可以發起一個

麻州康橋的兒童圖書館

捐贈活動，實驗性地在清大成立一個兒童圖書室，如果可能，再往外面的社區去推廣，所募集到的書、卡帶、軟體或玩具，也可轉贈給需要的單位，例如，有些人建議把這些書或雜誌送去給尖石鄉的孩子。我這個籌募兒童圖書室的構想，透過網路向清大的教職員發出之後，在清大付諸實行，一共得到二十多本捐書，分別是外語系的一位廖教授和歷史所的一位傅教授。後來沒有再繼續做了。原來想在清大做成功之後再向外推廣的構想，也胎死腹中。不過，書香社會，兒童圖書館，還是我的夢想。

七月十八日（星期日）

滬江春

昨天傍晚和偉強一家到Chinatown（行政上仍稱International District）的一家中餐店去吃飯，以答謝他這些日子來的協助和幫忙。我們選在一家上海店，偉強一家人頗有經驗，預先訂了位。這是一家小店，但是客人很多，看排隊的情形就知道。偉強的太太帶了各式的彩色筆和紙張，他們是很有經驗的。在等待的過程中，這些東西對這幾位從幼稚園一直到九歲半的四個小孩，果然很派得上用場。

一般的中國店，除了高腳椅以外，似乎從未考慮過客人會帶小孩來吃飯。記得，也是在西雅圖，在一個港邊吃海鮮，服務生一來先問有幾個小孩，然後帶來了幾桶蠟筆，還有他們店裡設計的一些魚的圖案，小孩專心地塗著顏色，果然在等候的過程裡，安靜很多，著色以後的紙張，有用來墊著吃飯，其實店裡沒有增加支出，只是多費點心思而已。

用完飯後，我們在一家日本店（UWAJIMAYA）買雜貨，這家Gary帶我來過，當初不太清楚位置。本來要去一家華人的店，聽說也有一些台灣口味的食物，但是沒有開，只看到店門口貼著抗議的標語：「反對收街」，不知道是哪裡的國語，聽說是反對這家日本店的改建擴張。

這家日本店生意很好，有很大的停車場，也有書店，賣很多日本道地的東西，也有其他亞洲各地的食物。當初Gary帶我來的理由是，這裡比較整齊乾淨。確實也是，這樣的民族性，在海外還是存在的，我們稍微觀察一下，就可以看到所謂華人的店，那種味道還是在的，就是在店外面堆放東西，廁所沒人管。這大概這也是文化吧，如果有機會研究這種不同族群之間的經濟活動特色，應該是很有趣的。

溜直排輪繞綠湖

星期天，孩子還要去圖書館。但是今天沒有開放，我們去溜直排輪。上回我們溜過一次，不過因爲還要帶著鞋子很不方便。這次在家就穿好直排輪，兩個小孩溜直排輪，

綠湖畔的運動人口很多

我跟著慢跑。運動的人很多，沿湖有許多可以游泳的地方，在Crafter Center那個角落。有一、二十人在練法輪功，用中、英文寫的牌子在路邊邀請人們免費參加。因爲他們都坐在那裡，一動也不動，中間有收錄音機，我想可能有音樂。孩子問我他們在做什麼？我說他們在運動，孩子們不懂爲什麼這也是運動？我們在跑步、溜冰才是運動。我只能說這是一種內在的、內心的運動。記得十幾年前，東海別墅有一位主持國術館兼開麵店的老闆，他義務在東海大學教授外丹功，我去練習。他也說那些拼老命晨跑的方法不好，不如運氣練功有用，我想他如果在，一定能夠多說些這些東、西文化底層的差異，我想哲學基礎也是完全不同的。

哈斯基犬

下午小孩和我去了華盛頓大學，順便到大學的書店去。在書店裡，兩個小孩被華盛頓大學的吉祥物哈斯基犬（Husky，牠是北極地區原產的一種愛斯基摩犬，全身毛髮簇生）深深吸引了。最後爲了不掃他們興，還是買了兩隻哈斯基犬和一個冰箱上的磁鐵，上面有哈斯基犬的照片。當地的公車站裡也印上這種哈斯基犬的腳印。

國外的大學多數有這種紀念品店，從各種T恤、校園照片、外套、椅子、嬰兒的圍兜兜，甚至是睡袍，無所不有。賣學校的吉

Husky犬的塑像

祥物，也是其中之一。這是資本主義社會的生活方式，反觀國內就少得多，即使像國立台灣大學這麼有名氣，學生人數、校友也相當多的學校，也沒有這樣的風氣。也許在經費自籌的情形下，有一天這種生財之道也可能在台灣風行。

野生世界

七月十九日（星期一）

洗車賺錢養狼

又回到營隊活動去。早上除了一些在營本部的團體遊戲外，營隊輔導員替小孩安排洗車的活動，目的是爲了要收養一頭狼，到底怎麼收養，我還沒搞清楚，但是孩子爲了洗車，眞是高興極了，他們說高興地引導車子要停在哪裡，就耗盡了體力。結果，這次洗車一共得到六十多元美金。

這是有趣的安排。沒有要求家長捐錢，他們自己去洗車賺錢，我想其中的意義應該不在錢上面，主要還是活動，透過這樣的活動，讓他們有一個不同的體驗。

下午，他們到Matthews沙灘去玩，兩個小孩都說，因爲洗車叫得太賣力了，在車上就睡著了。

圖書館

從營隊回來後，去圖書館。在那裡看了一些書。我們發現有一個小冊子，記滿了圖書館推薦的得獎作品，我教Sue怎麼樣在電腦上去查到其中一本書，並找到它在圖書館的哪一個書架。希望她以後可以在電腦上找資料，而不只是在架子上，憑運氣找書而已。

今天，我們讀了好幾本書，晚上，我替兩個孩子唸一本關於奇怪的學校、老師和校長的書，他們眞是樂翻了，超過了睡覺時間，直到累得睡著。

七月二十日（星期二）

去水族館

水族館、動物園、科學中心、兒童博物館❶，這些地方都是本來預定停留在西雅圖這一段時間要去的。後來發現營隊的活動也安排這些地方，今天就是去水族館。說到去水族館，孩子都非常地高興。記得有一年的年底，聖誕節那個星期，全家去了一趟香港，其中有一天是在海洋世界。孩子對於參觀水族館的興奮，眞是難以形容，後來去波士頓水族館，也是一樣。

西雅圖水族館可以看到 Elliot Bay，遊客可以看到各種船隻和渡輪。在裡面除了可看各種展覽之外，還可以摸到海星，海葵還有海膽。營隊安排的時間正好是餵食的時間，孩子們也看到潛水夫潛水餵魚的工作。在這裡，孩子們除玩樂以外，還得到一些關於海洋、海底、魚類的知識。

薄如蟬翼的外衣

馬克思在他的社會理論裡面，指出在現代的資本主義社會裡，分工固然是提高了許多的效率，但是人在這裡卻疏離了、異化了。他理想中的人，全人，不是這麼細緻分工的，可以去釣魚，但不必被迫成爲漁夫，可以去放羊，但不必以牧羊爲職業。這個理想，現在還是迷人的，作爲一個烏托邦，用來和現代社會的問題做對照，其意義仍然有效。

現代人，多數如韋伯筆下的新教徒，那薄如蟬翼的外衣現在已經成爲鐵的牢籠。人們日以繼夜地工作，過度使用身體的某一部分，相對地忽略了身體的其他部分。這種事情當然也發生在大學教授的身上。我有好幾個朋友，讀書讀到近視加深，視網膜脫落，腰痠背痛，脖子僵硬，因爲頸子無法向後看，所以無法開車，許多人或重或輕都有相似的特徵。最近，我自己因爲用電腦工作，右手因爲打字和用滑鼠，已經痛得無法工作。需要靠 Tylenol 止痛，眞想休息一下，在這個優美的夏日西雅圖。可是手邊的工作，有些是在來西雅圖之前就要做完的，現在拖在那裡。眞可以體會所謂現代人被迫成爲職業人的意義。

---

❶這次沒有去Children’s Museum，我想他們已經長大，在優先順序上應該先去別的地方。在波士頓時，我們去過幾次，記得星期四晚上，只要一塊錢。我好奇地想知道西雅圖的兒童博物館，當我去看的時候，收票的小姐發現我們沒有帶小孩，她說，你可以免費進去看看，她知道我們只是想替孩子看看而已，我和Gary進去繞了一圈。這位小姐的決定，我覺得非常地開明，不知道我們的收票員有無這種權限或想法。

七月廿一日（星期三）

摸蜥蜴

今天營隊的活動，主要是在營本部的團體遊戲與活動。下午，孩子去玩蜥蜴。蜥蜴大約六十來公分長，有各種顏色，孩子說有紅的、綠的、黃的。據說，它們的舌頭都已經處理過了，這樣對於去觸摸牠的孩子，並沒有危險，聽起來好像蛇的牙齒被處理過以後，才能用來表演一樣。

在許多卡通的設計裡，都有一些小小的人物，但卻是靈魂人物。例如在木偶奇遇記裡有一隻蟋蟀，在花木蘭的卡通裡有一條小龍叫做「木鬚龍」，在「魔術校車」的系列卡通畫裡則有一隻蜥蜴。這隻蜥蜴經常幫助老師Ms. Frizzle和一群同學的忙。在台灣，似乎沒見過這麼大的蜥蜴。

Ms. Frizzle是一位小學老師，在美國的學校裡，我聽到孩子對老師的稱呼，他們習慣對女老師稱Miss、Mrs.或Ms.，不像台灣稱呼「老師」。聽起來親切多了，在台灣，小學老師好像很權威。在美國，小學老師好像是隔壁的鄰居，很專業的鄰居。

親愛的，我把内衣翻過來了

幾年前，參加在高雄醫學院的一個與兩性教育相關的研討會，記得輔大的夏林清教授發表了一篇論文，名爲〈親愛的，我把內衣翻過來了〉，至今仍然印象深刻。多數的孩子、先生洗澡時，衣、褲和襪子，都是脫下就一丟，以致媽媽（太太）洗衣服的時候，還要一一地去把它翻過來。

自從我聽了那場演講之後，無時無刻不是提醒自己和小孩，要把脫下的衣衫，整理好再放進洗衣籃，不要讓媽媽在洗衣機前面，還要再處理一番。這個教育現在還在進行，不知道何時才能收到效果。

今天，我自己體會了這個重要性。衣服洗好了，要從洗衣機換到烘乾機去，拿起衣服來，裡面一堆洗碎了的紙渣、錫箔紙，還有在脫水槽的出水孔邊，有許多整塊的口香糖，這些現象使我花去不少時間清理。

換洗衣服時，只有把衣衫、襪子翻回正面是不夠的，口袋的東西也需要徹底地清除。這是需要一些時間學習的，不只是小孩，大人也經常有東西被洗得稀爛。親愛的，請把內衣翻過來，廣義來說，大概也包括把東西從口袋拿出來吧。

七月廿二日（星期四）

爬蟲類動物園

這是今天營隊活動的兩個重點之一，去參觀爬蟲類的動物。他們到一個爬蟲類的動物園去，Sue在她的日記上寫道：「老師帶我們去一個爬蟲類動物園，我們到動物園之後，我看到蛇、蜥蜴、鱷魚、青蛙、蜈蚣，還有蛇王。」這裡和昨天看蜥蜴的地方不同。

根據我的觀察，在美國這些參觀活動和各種博物館、動物園、植物園，甚至公共電視裡的「魔術校車」合起來，構成了小孩學習、了解自然科學的基本要件。首先Sue因為在台灣上了三年級，她知道有一種冷血動物，所以她一開始就認為她們今天參觀的是冷血動物的動物園，加上昨天Max摸過（都是管理員在場，說是可以摸的）蛇的身體，說是牠們的血是冷的。經過參觀資料的澄清、討論，這是一個爬蟲類的動物園。

離開爬蟲類動物園，孩子們去遠足，這次遠足爬山的地方是Wallace州立瀑布公園，帶隊的老師把孩子分成幾組，由孩子自己決定要爬到山頂，還是爬一半就休息，然後回校車去。他們一面爬山，一面也看到瀑布，經過這樣的活動，晚上Sue很早就說要睡了。

背還是痛

這幾天，背痛難捱，文里提醒我可能是來西雅圖之前，因爲把研究室的東西搬回家，確實折騰了幾天，許久沒有用這麼多力氣，可能是這樣把背部拉傷了。我想有可能，但搬書、整理研究室，也非造成背痛的原因，原因應該是長期的研究室工作，所造成的肌肉的問題。

文里說可以去做復健。在台灣時，我做過針灸、推拿、復健。復健做過幾次，就沒再去做了，一來我碰到的復健師讓我覺得不太專業，她只要我趴在那裡照燈，暖暖的，然後回家，每次去，前前後後總是花去不少時間，令我焦慮不已，經過多次仍然無效後，我對復健失去了信心。在這裡，醫藥費的前面一百五十美元要自己給付，看起來要去做復健，可能性也不大。

在台灣時，針灸也做過幾次，不覺得有效。最後還是推拿比較好，做的時候很痛，有時痛得冒汗，做完的時候輕鬆許多。也許就是職業病，這種事情，總是沒多久就要復發。看樣子，自己工作習慣不改，大概是永遠沒希望了。

七月廿三日（星期五）

沒有照表操課

「所有的魚類都會游泳嗎？所有的哺乳類動物都會走路嗎？發現你最喜歡的有鱗的、有羽毛的動物！」這是本週「野生王國」這個主題的宣傳說詞，星期五排好的是要去看一些肉食性的動物，但是孩子卻去了海邊。也許所謂的肉食性動物不外是那些獅子、老虎之類的，在動物園裡經常可見的動物，所以到海邊看魚。但是孩子說，也沒有看到任何的魚，就是在海邊玩。也許在西雅圖可以游泳、到海邊的日子不多，所以就去了海邊玩了（最近幾天的平均溫度仍在華氏七十度以下）。這只是可以自圓其說的理由，記得我從讀小學開始，就知道功課表是參考用的，老師多數沒有完全照上面的規劃做，沒有照表操課的情形是很多的，中、外皆然。

富足的世界？

營隊所在的綠湖小學有幾棵大樹，上面長滿了果實，這是我過去沒有見過的果實。正好有個黑人小孩經過，我問他這樹的名字，他說不知道❶，但是說果實可以吃，他當場採了幾顆吃了起來。

這使我想起幾年前在Davis住的時候，我們的圍牆的界樹有幾棵果樹，大概就是李子樹之類的。果實累累，卻沒有人採摘。隔壁的住戶是一個木匠，有時候他在院子工作，看起來也不富有，但是他說，你們採去吧，如果你們要的話，當然後果是可想而知了。那一年，我們在Payless❷花了二塊錢買種子，在花園裡種了好幾種蔬菜，還有番茄。住在隔壁的房東太太以爲我們是專家，她的花園也種滿了各種東西，但是都是花，她每天一定在花園裡工作一段時間，還到教會去當義工，去健身房，她自己開車。那時她已經八十四歲，想起來，如果她還健在，應該是九十三、四歲了，希望她健康。

在麻州康橋，路過Putnam Street到孩子所上的King School。蘋果的產季時，路邊有幾戶人家的蘋果樹下，跌滿了蘋果，甚至滾落到路上來，未見採摘。也許是採摘不

綠湖畔的加拿大野鴨

如在超商買來得合算？還是富足的社會就是這樣。

在康橋時，有一次同在哈佛訪問的世忠兄提議要到楓葉滿山的北邊去烤肉，準備了一番。還邀請了振昌、天助，還有現在在當監委的黃煌雄先生，結果因爲沒有找到可以升火烤肉的地方，我們在一個美麗的公園吃了一條土司和蘋果，世忠準備的一串串的青、紅椒和肉，回家後被拔下來，放入鍋裡炒了當菜。這趟旅行勾起我的回憶，是因爲我們在途中休息的時候，在一個大草坪上，看到一群野鴨，人們說這是加拿大野鴨，只見牠們悠閒自在，見人並不怕生。相同的一群野鴨，又出現在現在我住的綠湖畔的綠地草坪，牠們一樣悠閒自在。

我說牠們悠閒自在，是說牠們不怕人，孩子追著牠們，牠們也知道這是一種遊戲，毫無生命威脅。牠們也許不知道我們來自台灣，如果牠知道我們的文化，牠是應該有所警覺的。但是在這富足的社會裡，從沒聽過有人要來抓一隻野鴨回家當菜，或去採摘那些已經跌落滿地的水果。台灣最近已經富足了，但是人們的行爲還是像以前一樣。不知道這些是因爲物質？還是因爲文化？

---

❶後來知道這是一種cranapple，在稍後的日子裡更加的成熟，掉在地上，撿起來聞，味道真是香香的，令人想吃。

❷Playless是加州的一家大型連鎖店的店名。

小孩在圖書館

七月廿四日（星期六）

上圖書館

星期六，市立圖書館從早上十點開到下午六點。星期六去圖書館，已經漸漸成爲日常的作息。第一個月，孩子每次借五本書，一兩天就去還了再借，星期六，當然是一個上圖書館的好時間。事實上，在營隊的活動裡頭，他們幾乎每天都是外出的，週末安排一些安靜的、知性的活動也屬必要。

孩子一天可以看幾本書？按照圖書館的建議，父母親每天最少要唸三十分鐘的書給孩子聽，三十分鐘約略可以唸一本到兩本大插圖的書，文字多的，一本唸不完，只能唸一部分。記得兩個小孩還是一、二年級的時候，他們每天晚上唸五、六本書（從學校或市立圖書館借回來唸）。推薦給低年級孩子唸的書，多數是一頁只有一行或兩行文字，圖片很多、很大，也很漂亮。在學校替家長舉辦的討論會裡，老師說看圖片對孩子而言是很重要的。記得那時還發了許多關於協助孩子讀書的要訣，大概都還在我的檔案夾裡。

記得台灣曾經有過名人推行所謂書香社會，但是也僅止於那幾天，後來好像也沒有人記得，不知道成效如何？我想一個社會如果普遍有圖書館，而且又有規劃地推展一些活動，書香社會的夢才有可能成爲事實。綠湖圖書館有許多小冊子，推薦各年齡層小孩適合的材料。例如，「給蹣跚學步的孩子」、「給學前的孩子」，每一類，圖書館都推薦四十多本書，每本書除了作者名字、書名之外，都對書的內容有簡略的說明，大人很容易參考這些材料。

中午過後，到綠湖畔的環湖步道去溜直排輪，因爲天氣太冷，又有點雨絲，不敢跑得太遠。在遊戲場玩也是很過癮的。當小孩眞好，到處都可以歡笑，沒有鄉愁。

接觸才能欣賞

Woodlawn Ave NE到營隊的一個轉角，路的右邊高了起來，土牆上有一堆不知名的花，每天經過這裡也有十幾二十天了，今天經過突然覺得很美，一串串的黃色的花，旁邊還有我認識的紅色玫瑰。它們原本就在那裡，是因爲多次的接近，才使我感覺它的美麗。

記得曾經和清大的同事談起所謂鄉土的感情，我想，接觸，尤其是與泥土的接觸，那是最基本的。有許多人「生」在這個世界，但並不「生活」在這個世界，也許因爲種種的原因，對自己周遭的事務並不清楚，當然也談不上什麼鄉土的關懷。在清華大學，有許多人無論是學生還是教授，他們對新竹不熟悉，或者有許多人根本很少去新竹市區。科學園區裡也是一樣，對新竹市區比台北市區還要陌生許多。對這塊土地這麼少接觸，要如何談鄉土的感情呢?難怪有人說，園區、清大、交大只不過是新竹的租借地。

一塊土地，如果可以親自走過、摸過，在上面玩過、活動過，即使不是自己的家鄉，也是會懷念的。接觸，使人了解、產生感情。

七月廿五日（星期日）

兩張免費的票

早上，Sue和Max起得比平常稍晚。記得有一本書說，現在一般小孩的睡眠都不太夠，如果沒有記錯，大概都比醫學上所認爲的標準少了約一個小時左右。所以星期天，就睡個夠吧。

吃過早餐（最近都不敢煎蛋，都是用水煮蛋，方便多了），爲了鼓勵他們背熟日記本上拼錯的字，我的標準是在我提出的十個字裡（這些都是原來拼錯的）有六個拼對（我說六個字拼對，不是四個字拼錯），就要帶他們去西雅圖市區逛逛。

在我們楓葉路的公寓後面，搭乘十六路公車，直接到「西雅圖中心」，也是一塊錢，兩個小孩照例在週末免費。之前已經來過很多次，本來Sue和Max的夏令營活動是在這裡的一個兒童戲劇學校（Children's Theater School），都是關於戲劇的活動。

Gary和他太太Eleanor都說這個營隊一開放就額滿，這就是今年三月間，Gary急著幫我們付全額的費用註冊的原因。後來因爲這裡的活動是循環性的，孩子只能參加一週，因爲住的問題還有研究工作的限制，也不可能替他們每個星期都去換地方參加不同營隊的活動，四月間我們去退費的時候（被扣去五十元美金），工作人員不解何以得來不易的機會，還要放棄。事實上，每個人都有自己很個別的理由。

下了十六路公車沒多久，有兩個年輕人，問我要不要去Space Needle？他們有兩張成人票，要送給我們。眞是每個人做什麼或不做什麼，都有很個別的理由。

這種情形，在波士頓的時候我也碰過，記得那時在「科學博物館」排隊買票，有個人問我要不要票，那是我第一次到「科學博物館」，那是一個熱門的地方，買票大排長龍。那些現場的背景加上台灣經驗，我直覺地想到「黃牛票」。我想我還是排隊買票好了，以免上當。那個人一定覺得我奇怪，明明在排隊，爲什麼不要票？後來他給了我前面的人，我前面的這個人拿了他的票之後，跟我說他只需要兩張，問我要不要剩下的一張。那時我才知道，持票的人急著要走，票是免費的。

這是我們來西雅圖第三次碰到有人要給我們東西了。也許我們外表看起來比較窮，或許因爲有兩個小孩跟著一個爸爸，引起人們的注意，可是我發現在這裡，男人帶著小孩的情形也不少呀！

第一次是在公車上，有個人先來聊天，問小孩幾歲？之後沒多久，給我們一張所謂的「人生的順序」（The Alphabet of Life）❶。我想這是傳教的宣傳品。我們正好坐在司機後面的「博愛座」（就是年長、行動不便者可以優先坐的位子），車子到站，這位司機小姐❷說她要看這個人給我們的那張紙。然後，她向這位先生說，他不應該在車子上散發這種傳單，我只聽到這位先生說，「謝謝妳告訴我這個事情」。

第二次，有一個看起來比我們還窮的人，身上還黏著油漆，在公車停妥下車前，給了Sue和Max各一個糕餅，他用一個垃圾袋，裝了一堆糕餅，給我們的兩個都用保鮮膜包著，看起來不錯。他下了車，從車外向我們微笑，我們也和他揮手。但是，我們都不敢吃，小孩在台灣已經學會不要隨便接受別人的東西，更不要吃別人給你的東西。在華盛頓大學的校園裡，我把它轉送給靠遊客活命的鴿子。

現在，我們有這兩張Space Needle的票之後，決定要上去看看，雖然兩年前我們去哈佛大學路過這裡時，兩個小孩都上去過。我拿了這兩張票，問售票的小姐，我有兩張成人票，可不可以用其中的一張，當作兩個小孩的入場券？因爲成人票九元，兩個小孩的票加起來才八元，應該是可以的。可是這位小姐，她不太了解我問的問題，改由她的方式陳述問題，她說你不要這張票，我給你九元（refund，退票的錢），然後她又說，你要兩張小孩的票，並從九元中拿走八元，我取得兩張孩童票和剩下的一元。

我漸漸了解他們的邏輯，通常我們在店裡購物，他們也是這樣算錢的，例如購買東西三塊半，我給店員十塊錢，她會說三塊半（東西）和六塊半（零錢）加起來十塊。這張價值九塊的票，可不可以當八塊錢用，不是她們所習慣的思考方式。來西雅圖以後，我在一家店裡買了一條電話線，回家以後才發現線是開放式的，無法直接插入電話使用。回到店裡去換另一種，需要多兩塊錢，我想很簡單就是我再給她兩元。但是店員的做法不是這樣。先是要我的信用卡，把原來的那一條線的錢，連稅，一併辦理退費。然

在 Space Needle 上面看西雅圖

後再問我新的這條線，我要付現金還是要刷卡？

在Space Needle上面，我們停留了許久。想起這座高六百零五呎❸，四十年前爲了萬國博覽會所建的建築，不但成爲西雅圖的地標，還源源不斷地替西雅圖帶來遊客和收入，可以想像觀光業和生產性工業的差別。

訪音樂噴泉，記得多帶一套衣服

離開了Space Needle，卻很難「說服」孩子離開那誘人的遊樂設施，後來Sue和Max都去玩雲霄飛車和海盜船（八張票一共是六・五元，這兩個遊樂設施，玩一次都是需要兩張票，有些遊樂設施需要更多張票）。

後來，到了音樂噴泉，我知道他們一定喜歡。兩年前來的時候，Max就陶醉在其中，不肯離去。音樂噴泉，顧名思義就是音樂加上噴泉。❹一個圓形凹下的碗狀的地形，中間有一個半球狀的金屬球，球的上頭有各種噴水口，地上又有兩排大小不同的噴水口，看起來是很簡單，帶來的樂趣卻是無窮。

這裡的音樂相當多元，有沒有如其名稱那樣是一個國際性的，並不清楚，最少我待在那裡的一兩個小時中，有一大半都是中國的國樂，時而像是琵琶，時而像是古箏，有時是像國劇中的那種音樂，不知其名。

隨著音樂的變化，噴泉高高矮矮地噴出，時而小小的水柱，時而製造漫天的水氣，氣勢磅礡，坐在旁邊猶如置身在尼加拉瓜大瀑布旁一樣。太陽之下，整條的彩虹橫跨這個大碗，猶如置身在夢幻之間。現場，驚叫之聲此起彼落，有的小孩眞是有備而來，穿起了泳衣，有些則光著上半身，有些父母雖然穿著皮鞋，也帶著小孩來回奔跑，我想他們是不期而遇，又禁不起噴泉和音樂的邀請與誘惑。也有身材姣好、曲線玲瓏的少女，溼透了衣裳，樂在其中。這眞是一個

音樂噴泉

不分種族、年齡、性別、職業、收入的好地方。Sue和Max也都溼了衣褲、帽子，最後索性脫了鞋子、襪子，盡情地奔跑、喊叫、冒險，和噴泉的機率賭博，進出在水柱之間。

他們雖然也穿了外套（已脫下來備用），但是衣服弄溼，還是一個大問題，後來他們躺在熱熱的水泥地上，加快了曬乾衣服的速度。真好，他們從不覺得陌生，也從不覺得自己是一個外國人，他可以像多數的美國在地的人，輕鬆地躺在噴泉的旁邊，就像在自己家裡一樣。寫日記的時候，Max說，他從來沒有這麼快樂過。

不管是誰，下次經過這裡記得多備一套乾的衣服。

---

❶ 例如，Account for your life and use your time wisely. Believe in Jesus Christ and be salt and light on this earth.一直排列到Z。

❷ 我們發現女性司機的比率非常地高。

❸ 三百六十度的Observation Deck沒有這麼高，只有五百二十呎（也有資料說是五百一十八呎）。

❹ 它的正式名稱是International Fountain。

多元世界

七月廿六日（星期一）

多元世界

「慶祝世界上不同的文化，就像你在全球旅行一樣。」這是這個星期的營隊活動主題說明。

早上的活動仍在營本部，是一些關於多元文化的遊戲（multicultural games），中午之後校車載他們去「國際噴泉」（International Fountain），眞巧，這個噴泉就是我們昨天去的那個音樂噴泉。除了音樂以外，它哪裡可以稱得上「國際」？大概就是插在外面的那些各國的國旗？孩子除了在這裡玩以外，還去了附近的其他水池，Sue和Max答應下次去西雅圖中心要告訴我。像昨天一樣，他們都是溼著回來，可惜的是營隊的領隊沒有通知要多帶一套衣服去，他們只希望每天孩子的背包都要有游泳衣和毛巾。

在Scavenger Hunt裡面，孩子們玩一種遊戲，他們說出自己的國家的名字，孩子回來說，他們的朋友好像不知道有台灣，只有老師知道。表面上看起來這個營隊很像是一個美國人的營隊，孩子說有加拿大人，墨西哥人，還有印度人。雖然不是很多國家，但是也達到一種國際性的文化交換意義。

親水公園

這兩天，Sue和Max眞是太興奮了，他們如此這般的玩水。這使我想起台灣有一種地方叫做親水公園，宜蘭最有名，但是只看過照片，沒有去過。新竹在童勝男市長任內，把東門到南門醫院這一帶木棉花盛開的護城河整治後，養了金魚，與路面落差約十幾二十公尺，路邊也無合適欣賞的設計，談不上親水。我看過一篇報導，一個外地人讚美這項新竹市的偉大建設，其實如果要欣賞金魚，清華大學的成功湖，比這裡好得多。另外一頭的護城河，好像親水一些，因爲可以下河裡去，碰到水，也可玩玩，但是看起來，只能靜態地把腳泡泡水，如果孩子要跑來跑去，可能會有安全的顧慮。

最近在新蓋的新竹體育館前面，有一處可以玩水的地方。我去看過，裡頭不但垃圾很多，也不適合讓孩子置身噴水之中，那些爲了留下來安裝燈光的縫隙，也是孩子嬉戲

Boston的教堂街

其中的陷阱，只能說中看不中用。令我印象深刻的小孩玩水處，還是在波士頓的經驗。一個是在哈佛大學的校園內，在Harvard Yard、Science Center與Memorial Hall之間，有一堆石頭，小孩經過的時候，喜歡上去跳一跳，夏天的時候它是一個噴泉，細細的噴泉從石頭下面噴起，頑皮的孩子，就在噴泉之中，從這個石頭，跳到另一個石頭，也有穿著泳衣的小女孩（小男孩都是光著身子的多），在噴泉之中走來走去，令人羨慕。

另一處，是在Boston Common，就是教堂街旁的那個Boston公園裡。這裡有一個溜冰場。冬天，我們在這裡溜過冰刀，這是我唯一溜過冰刀的地方，可以用合理的價格，在這裡租到合適大小的溜冰鞋，我記得，自帶溜冰鞋的話，小孩是免費入場的。這個溜冰場，在夏天的時候，搖身一變就是一個戲水場，淺淺的水，中間也有噴泉。捲起褲腳就可以玩水，沒有危險，可以盡情地玩。❶在我看來，這眞是價廉物美的場所，我們的社會也可以做一個，甚至多做幾個，讓小孩（甚至大人）在燠熱的台灣多幾個愉快的親水設施。

我在綠湖旁邊，發現一個與Boston Common這個兼及溜冰的戲水場一模一樣的設施。那天工作人員正在請洗池底（我估計在二十到三十公分的深度），一端不斷有水流進來，從另一端流出去。原來，這些水只是路過，人們只是做個淺池，把它留住片刻，成本眞的很低，帶來的歡愉卻是無法形容。

這些大概不需要太高的成本，我們的問題是理念的貧乏。

❶雖然我認為好像很安全，還是有安全人員在旁邊注意著各種可能是危險的動作。

七月廿七日（星期二）

亞洲藝術博物館

營隊活動的安排，今天是參觀「西雅圖亞洲藝術博物館」（Seattle Asian Art Museum），還有參觀「國際區」。西雅圖好像沒有像舊金山、洛杉磯、華府那種中國城。在這裡，中國城通常都和國際區擺在一起，不過照例都是有個中式建築，這裡的中國城也是以此爲刻板，廣告中也會有一群人在打太極拳，我終於了解，打太極拳就是一種中國文化。我並不這麼清楚所謂區（district）在這裡的意義，例如在大學區（University District），很多店喜歡加上university，例如University Motel、University YMCA、University Ford這樣的稱呼，剛到這裡的時候以爲它們都是屬於華盛頓大學的，後來才知道它們是因爲在 University District。不知道這裡的店是否也加上 international在前面？

西雅圖亞洲藝術博物館位在Capitol Hill的Volunteer公園，收藏日本、中國、韓國、印度、東南亞與喜馬拉雅文化的文物，號稱在亞洲以外，前十大亞洲藝術收藏的博物館，裡面有很大的佛像、日本壁毯、高難度的玉刻。小孩也看到中國的龍袍，他們知道那是皇帝穿的衣服。

其實他們可能只有一點印象，也不一定清楚什麼是亞洲的、喜馬拉雅的文物，因為美國這個社會相當地國際化。

門板與桌子

記得在東海大學唸研究所的時候，因為需要大一點的桌面，所以開始使用門板當桌子。用門板當桌子的好處是，桌面寬大，桌子下面的空間自由寬敞，雖然沒有抽屜，但是也不妨礙使用，其實抽屜的東西多半也是可以省的。後來有了自己的研究室，還是懷念這種桌面大，桌子下自由無礙的設計。

最近背痛得嚴重，多少也和鍵盤高度、椅子高度有關。前幾天我發現門口的草地上有一些木板，過了幾天還在那裡，我問施工的人他們是否需要這些木板。如我所料，通常會把東西放在外頭，大約都是不要的。美國社會裡有許多這樣的現象，例如有人有一疊報表紙，他不用了，他可能放在路邊，上面黏上一張"Free"的紙條。這堆木板雖然沒有寫，但也是相同的。不知道他們什麼時候形成這樣的文化，我也在台灣所住的公寓前面，做過相同的事，可惜沒有形成大家的共識，如果大家能夠把自己不用而還堪用的東西，免費提供給有需要的人使用，眞理想。記得在麻州康橋的時候，有人說他們家的東西全都是撿來的，確實有可能，每週到收垃圾的時候❶，都可以看到許多可以使用的東西被丟出來。也有人說，每年畢業生離去的時候，可以在路邊撿到整套的沙發，不只堪用，甚至還是很新的，大概有些哈佛的學生是有錢人家的孩子。

取得幾塊木板，重建工作的環境，抽屜當作桌腳，幾本厚厚的電話號碼簿，正好用來調整高度，幾經調整，終於再造了一個我熟悉而合適的工作環境。印表機、Zip和電腦鍵盤各得其所。希望背部的疼痛可以因爲這個門板桌子的裝設，而獲得改善。

---

❶這裡的垃圾每週收一次，收垃圾的頭一天收可再利用的資源。

綠湖畔的Wading Pool

七月廿八日（星期三）

非洲故事

Sue和Max都在日記上寫今天哪裡也沒去，只在遊戲場玩，還有分組說故事。行事曆上，今天是向孩子介紹非洲故事，但孩子回來說的故事卻聽不出來與非洲有什麼相關，只有一些和蜘蛛相關的故事。下午去綠湖灘戲水。Sue最高興了，昨晚就穿好了泳衣睡覺。戲水是孩子最快樂的事了。

從營隊回來，今天我們沒有去圖書館，我們去了在綠湖旁邊的一個淺水池。水深僅及腳踝高一些，大多是很小很小的孩子在玩，我帶來的兩個小孩顯然是太大了。有個媽媽告訴我她的孩子還不到一歲，一群看起來剛剛脫下尿布，或者還在穿尿布的孩子，在這裡玩得不亦樂乎。大人們躺在池邊曬太陽，做日光浴，替孩子照相，錄影的也有。

可能歐洲人才有這種wading pool，想想看有可對應的中文字可以翻譯嗎？字典上說這是（兒童用的）淺水游泳池，在英國他們稱之為padding pool，在中文世界呢？小孩只能在水溝，或危險的河流裡游泳（台灣因為污染嚴重，這種機會可能已經更少）。最少在父母的眼中，河裡是危險的，記得小時候每次在河裡游泳、玩水回家後，都會被處罰或責罵。媽媽只要在腳上用手刮一下就知道有沒有去游泳，說謊也是沒用的。

「內在美」

快中午的時候，一位在東吳大學任教的朋友打電話來，他和他太太及住在西雅圖的朋友，正在綠湖畔的遊艇碼頭。中午買了外帶的食物，在我們家吃午飯。

這位住在西雅圖的太太還有兩個小孩同住，先生在台灣賺錢，這就台灣人流行的「內在美」（內人在美國）。雖然剛見面沒有多久，也多少談到一些移民的生活。移民不

綠湖畔

只要適應文化差異，小孩的教育，還有天氣也是重要的。西雅圖的冬天，因為雨季很長，聽說有很多人用「會得到憂鬱症」來形容。有些地方會下大風雪，所以如果沒有打聽清楚，生活適應是很大的挑戰。

孩子的教育也是，有許多人為了孩子而決定移民，可是外國文化教育出來的孩子，真的是自己所期待的嗎？有可能教育出有中、外教育都認為好的孩子嗎？或者兩者都沒有？

「內在美」，嚴格說來，是許多美國人所無法了解的。台灣真的那麼不堪居住嗎？白曉燕命案發生的時候，有人訪問外商及回國投資的華人，他們說，美國的命案其實不比台灣少。當然，國外有許多環境是台灣比不上的，我們看科學園區內、外之別就好，誰不希望我們的環境是像裡面，而不是像外面呢？但是「內在美」也是經常要付出代價的。

我見過的「內在美」，多數是開著新車，住在自己的豪宅裡面，經濟來源充足的。但是也有相反的，甚至沒有身分的，老公的經濟接濟也不夠充裕，甚至保險都有困難的。台灣社會真的有許多需要重建的地方，否則這種「內在美」雖然代價很高，但是也很難期待它在短期內消失。

七月廿九日（星期四）

北歐遺產博物館

今天營隊的活動，早上到「北歐遺產博物館」（Nordic Heritage Museum），下午到Ballard水閘。位於Ballard區的這個博物館，展示的東西以丹麥、芬蘭、冰島、挪威與瑞典等地區到太平洋沿岸美國西北的移民文物爲主。透過博物館的這些展示，可以了解斯堪地那維亞移民早期在做美國夢的時候，如何在這個西北地區生活。孩子可以看到一些當時他們住的情形、生活的狀況，和五個族群的風俗與傳統。

Sue和Max這個組的輔導員的祖先就是從芬蘭來的，她和孩子們講一些相關的故事。我的房東也是從瑞典來的。看起來這附近從北歐來的移民還不少，據說以斯堪地那維亞五個民族的文化爲對象的博物館，在美國，這是唯一的一個。

在營隊，我發現接送孩子的車子中，VOLVO這個牌子的比率很高，用我的社會學直覺，我原先認爲他們家長的社會經濟地位大都很高，因爲VOLVO在美國也還算是高價品。現在我需要做另一種社會學的判斷，那就是可能他們的祖先中，來自於斯堪地那維亞的比率很高，他們在文化上鍾情使用VOLVO，就像有些法國留學生回台灣還喜歡用Renault是相同的。

西雅圖水閘

它的正式名稱是Hiram M Chittenden Locks或Ballard Locks，但是營隊的輔導員告訴孩子這是西雅圖水閘（Seattle Locks），大概西雅圖只有這個水閘。兩年前Sue和Max與我們家人一起來過這個水閘，他們最記得的就是衣服被水噴溼，這次的經驗也是。Max在日記中寫道：「當我過橋的時候，我們都被打溼了。」

在這裡可以看到船隻如何從低處到高處，從高處到低處，雖然沒有去過巴拿馬運河，但是我想這個溝通兩個不一樣高的海平面的運河，所用的原理應該也是這樣。我記得在加拿大渥太華（Ottawa）這個城市的國會山莊旁邊，也有一個很高的水閘。一九九三年和中正大學的世雄兄路過這裡，眼見一條船，一格一格地爬上山頂，眞是神奇。

在這個西雅圖水閘，除了可以看到這些水閘門以外，旁邊還有一條魚梯，這是在一九七六年的時候建的，目的是讓鮭魚有路可以到湍急的Sammamish River上游去產卵。參觀的人可以看到鮭魚如何的奮鬥往上游的情形。在水閘區的北邊入口，是The Carl English Jr. Botanical Gardens，營隊的孩子也在這裡玩，吃點心。

藍草莓

藍草莓（blueberries）正好在附近盛產，聽說產期不長。一個大盒子，滿滿的兩磅半，定價美金四．九九，大約是一百六、七十塊台幣。買了以後，小孩都不吃，一來藍藍的很奇怪，再來也不是入口就甜，連續多吃幾口還滿順口的，可是還是有點酸，把它吃完變成是我一個人的功課。

小藍莓外面還有白白的粉，看起來新鮮可口。無奈台灣帶來的草莓恐懼症還是揮之不去。有朋友說，大湖的小朋友告訴他的老師（我舅舅住在大湖），不要買外面的草莓，他們家裡自己吃的是另外一區種的。台灣南部的菜農，好像也是這樣，自己吃的和市場賣的不一樣。在台灣這樣的地方長大的我，問問有灑農藥嗎？這是很正常的。美國的農夫不是都用直升機噴藥的嗎？就這樣吃可靠嗎？還是要洗？要怎麼洗？最後還是用水溜一溜，就吃了。

這裡的葡萄也是這樣的，綠葡萄、紅葡萄，沒有籽，也不能像台灣的葡萄可以去皮，我看他們也都是這樣吃。甚至整串的沒洗過摘了就吃。我也在電視上看過台灣的農委會主委，在葡萄園摘了葡萄就吃，不論他如何示範，我知道這樣吃葡萄在台灣是「不正確的」。

當然我們有許多文化的差異，例如我們在台灣吃美國蘋果也常常去皮，在美國從沒有見過有人削皮吃蘋果。除了文化差異以外，我想公權力、商業信譽也是消費者信心的來源。如果食品檢查單位能夠勤於檢查食物的農藥，定期公布廠商的名字，雖不是最好的方式，但可能也是在這個消費性社會中，最好的法子了。

七月三十日（星期五）

夢的捕手

今天，孩子都在營地，只有年紀比較小的那一組出外去。❶留在營地玩遊戲，輔導員帶了一堆雜誌，裡面有很多圖片，問孩子說，如果你有一百萬元美金，那麼你最想做什麼或買什麼？孩子從雜誌裡面剪下他們要的東西（圖片），貼在他們的簿子上，然後討論他們的夢想。Sue和Max同一組，他們這一組有八個人，回家之後兩個孩子還在做他們的白日夢。

下午，本來的安排是「到Madison沙灘並游泳」，不知道為什麼沒有去，只到綠湖的沙灘去游泳。不過在去綠湖游泳以前，輔導員教他們怎麼做冰淇淋，他們很高興。我們回家經過超級市場時，Sue還唸著在家裡也要自己做冰淇淋，她說她知道材料在哪裡可以買到，例如奶油、糖等，但是我們家沒有其他的工具，如適合的容器等，只好作罷。

從營隊回來，到圖書館去借了一些書，通常借書回來的那個晚上，是最安靜的時刻，他們正在看他們選回來的書。窗外天色一直到很晚都是亮的，可以看到很多人在那裡運動，我們照時鐘的時間生活，不依太陽作息，因爲孩子在營隊一天其實大多是動態活動，體力也用得差不多了，不是像在一般學校上課。住在這裡，我們可以說是蹉跎了大好時光，或辜負了住在綠湖畔、楓葉路的美意，這個六點到九點半的綠湖畔，正是充滿活力的地方。

孩子是容易碎的

昨天從營隊回家的路上，路過一個健身房的門口，有個小女孩趴在階梯上，Sue和Max問我說她在做什麼?我說她可能累了，她的父母親在旁邊勸她起來。一般美國父母，對於孩子如果沒有危險，不會抱小孩起來，他們希望孩子自己起來。孩子做錯事，也不會大聲地責備，要脅說不起來，我就拿竹子打你。孩子走路走累了，也不輕易地抱小孩，希望休息以後，還是要孩子自己走路。Sue和Max聽了似懂非懂，我還補充說，你要知道你的父母親不是美國人，當爸爸說要起來，不要趴在地上時，說了幾次你如果不起來，很可能會被處罰，這下他們都懂了。但，我不知道，這樣是不是對。

我只記得兩個小孩還小的時候，也會哭鬧的，有一次我和同事提起說「眞麻煩，處罰他，他也不懂」。只記得我得到的是一句當頭棒喝的回答，「既然處罰他，他也不懂，那幹嘛處罰他？」這使我想起，我的一個朋友的育兒哲學，他說永遠不要向小孩說「不」！

今天在中時電子報上看到一則「棉被蓋頭壓腳，媽媽悶死稚兒」的消息，眞是令我感到窒息。報導說，十九歲母親，下午睡覺時，因兩歲兒子哭鬧不休，竟以棉被蓋住兒子頭部，並以雙腳壓在棉被上，一小時後發現兒子不動，才赴西藥房買退燒藥，並將其子放在床上，直到傍晚她的婆婆返家發現孫子有異才送醫急救，但已回天乏術。

幾年前台灣有一個幼稚園，老師把小孩關在車子裡處罰，這是一個夏天，後來孩子活活被悶死了。前年在美國，幾乎三天兩天就在電視上看到一個英國來的保姆出庭的消息。這是一個命案，年輕的保姆對哭泣的小孩猛烈地搖動，最後發生了命案。

我們在這些命案裡學到什麼？以前我曾經聽人家說，歷史的教訓就是沒有從歷史學到教訓，人們對於這些每年都發生的事情，似乎視之爲常態。今年發生了，緊急處理一下，時間使人們遺忘，或者另一條更驚人的新聞出現了，這條新聞就變得不重要了。是我們容易原諒自己？還是我們健忘？什麼時候，歷史的教訓，能在生活上發生效用？

前兩天坐公車去華大，我在車上看到一個車廂廣告，一個裝蛋的厚紙盒裡面裝有各色人種的小孩，白的、黑的、黃的，每個都有天眞可愛的笑容。他們在裝蛋的紙盒裡微笑著。上面寫了一行字，「孩子是易碎的，不要震動他」。King School的牆上寫著：「小孩第一」。

又見孩子被父母打死

當我和清華的同事聊起「孩子是易碎」的事時，文里給了我這樣的信，經過他的同意，收在這裡。文里是清華大學社會學研究所的所長。

維安，你可能不知道，前幾天除了有人悶死小孩之外，還有一條新聞：一位媽媽，

King School的牆上寫著Children First

受丈夫的氣，就拿孩子出氣，幾乎每天都在凌虐小孩。新聞發生，是她把孩子打到半死，還罰她不准進門，結果孩子死在陽台上。新聞的結語當然是說，這對父母會被繩之以法。

我感到心驚膽戰的是，這個被凌虐致死的小女孩，平常十分乖巧，被人發現身上有瘀傷，她會說是自己跌倒的。父母在家中對孩子可以是最疼愛的保護者，也可以是無人管理的暴君。這是政治學，而不是歷史；接著，我在National Geographic上看見黑猩猩在飢餓時，會掠奪同族嬰兒，拿到猩媽追不到的地方，就把牠分屍吃掉，這是和人類最接近的靈長類，我學到可怕的生物學。

我自己對孩子是疼得要命，每想起一點點差錯就會心疼不已。前幾天我騎腳踏車載他逛街，他坐在我前面的娃娃座，不小心把腳伸到前輪和鐵架中間，腳被夾在那裡，車子頓然像緊急煞車一樣停了下來，他一邊叫痛，還一邊向我說：「對不起！」我下車忙了一陣總算把他的腳抽出來，之後，不敢再騎，牽車回家。

那時是傍晚，我幫他敷了點藥後，一直到晚上，我不時觀察他的腳，深怕會有問題。當然，到晚上入睡前，他都沒再喊痛，而且他還在公園裡奔跑過一陣子。我可以說是放心了，但是坐在他身旁看他睡覺時，一想起他在疼痛中，還為自己的行為失誤而急著向我道歉，我就泫然欲泣。

我在即將入眠時，想起那猛然煞車的力道，還會嚇得跳起來，趕快再翻身過去看看孩子的腳。我永遠無法明白，會把孩子打死的，到底是什麼樣的人。可是我看著撕扯猩嬰屍體的那些靈長類時，雖然覺得慘不忍睹，卻相信這是無法避免的一種nature。政治學或生物學，對於我們來說，究竟是什麼學問？

我記得在波士頓的地鐵中，也看過這樣的標語：「對小孩來說，惡毒的舌頭比拳頭還銳利。」很多社會都想要保護小孩。然後在此起彼落之處，繼續有大人把小孩折磨致死。我們究竟還需要什麼學問才行？

文里

❶這個營隊，以年齡分成三隊，一、二年級，三、四年級，五、六年級，共有三個不同的營隊和不同的活動設計。

七月卅一日（星期六）

準備露營

下個星期又要到外面去露營，所列的物品與上回相同，只在一處更改，那就是希望午餐是可以帶著上車去吃的。從通知單上，可以看到他們的經驗的累積與沈澱。理性化的社會，把很多經驗都記錄成規則，累積成文字，其他時候，只要照文字記載操作，多半都可以做得通。有修改，便在上面修改，把經驗累積下來，也累積在文字上。

記得在加州的Davis時，因爲要到加州首府Sacramento去辦事，在Davis詢問時，只見辦事人員不疾不徐拿出一張黃色的單子，上面畫好了地圖，清楚地記載在高速公路的幾號出口出來，第幾個路口左轉，在哪裡可以停車，如果是搭公車的話，又如何，他所要說的全都在上面。我們開車去，果然一切像紙上所說的那樣。

這與我們的社會不同，記得幾年前，我服務的研究所和美國的SSRC（Social

Science Research Council）在清大合辦了一個研討會，辦會議的人被剝了一層皮，累得半死，那是一定的，比較訝異的是，這個經常辦國際會議的台灣第一流大學（報紙上說是第一名），竟然沒有一份英文的校園地圖，當然也沒有英文資料介紹學校附近的商店、消費或郵電資訊（如郵局的使用、寄信到世界各地的郵資、國際電話的收費情形或減價時段，或電話卡的購置等）。那些如果發生意外要如何緊急聯絡的資訊，更是沒有。我們花了許多時間把這些資料，編成一本中英文的手冊。當然會議完之後，就再也沒人去更新這些資料了。下次別人或別的單位辦相同的事情時，重頭再來一次。在制度上，毫無累積性可言，每次都是第一次。

依照露營的明細，再看了一次我們所需準備的東西，決定要替兩個孩子補充一雙球鞋。搭公車到北門購物中心去替Sue和Max各買了一雙球鞋，另外還替Max買泳褲（這時正好是四折，也就是60%Off），Max一直不太享受游泳，就是因爲他對他的泳褲不滿意，這樣也許可以解決他的問題了。

海洋節的遊行隊伍

海洋節與太極門

昨天，在工研院服務的吳先生從西雅圖打電話邀我們去參觀西雅圖海洋節五十週年的遊行活動，所以我們從北門購物中心回來後，就先去西雅圖中心，之後再去介於Bell Street與Blanchard Street之間的第四街太極門的貴賓席。

整個慶祝海洋節五十週年的遊行活動，從七點鐘開始，一直到晚間十點半，參加遊行的隊伍有兩百個之多，太極門的隊伍是第六十八個，我們看完太極門的遊行活動之後，急忙搭公車回綠湖畔的住家，回到家已經十點多。

吳先生提到，這次太極門一共來了一千多人，我看了一下印製精美的節目表，這次太極門來美國的文化訪問活動一共有六處，七月二十九日，慶祝Rainier山國家公園一百週年，在Tacoma的市集表演，三十日在Tacoma的棒球場表演，傍晚在華盛頓州政府廣場前表演，受到駱州長的接待，三十一日，慶祝海洋節五十年在第四街參加遊行活動（就是今天我們受邀參加的），八月一日在西雅圖中心還有一場表演，可能另有一批人員同時在舊金山市聯合廣場參加國際武術節。

我們坐的位置，據說是每個位置十二元美金買來的貴賓席。階梯式的視線比較好，其他地區則不需付費。遊行活動與過去所看到的差不多，所不同的是這次有認識的隊伍參加，太極門的隊伍極爲龐大，第二天當地的報紙*The Seattle Times*報導引用發言人的話說：「從台灣來的一個團體，叫做太極門，他們擊鼓並展示工夫，得到最多的喝采，是爲一大特色」。在太極門隊伍遊行之前，高雄市市長也在車隊中，但顯得有點孤單，拿著「西雅圖—高雄姐妹市協會」的隊伍在他後面才出現，如果不是這些熱情的隊伍不斷喊著「市長好」，還眞不知道坐在那裡的人是誰！雖然座車上也寫著"Mayor Frank Chang-Ting Hsieh, City of Kaohsiung, Taiwan, ROC."

Sue、Max和我分散在太極門熱情的隊伍裡面，我得到吳先生的照顧，有兩本中英文對照的文化訪問的精美手冊，讓我有機會了解這個團體與這次活動。我們也分到幾支小的旗子，上面寫著中英對照的太極門親善文化訪問團，中間是太極、八卦，還有一條在雲霧中的龍圍繞在旁。這支旗子可能是路人最想得到的紀念品，我看到有許多人過來要，有些人過來照相，這個啦啦隊也博得遊行隊伍最多的青睞，我們也帶回家兩支這種旗子。這個隊伍另外有一種扇子，據說是不能分給外人的，好像是門內人的一種法器。扇子一出，一片扇海隨著領隊的引導，煞是熱鬧。我們坐在其間，一起喊著、搖著，我們這個隊伍，從不輕視小團體，甚至連拿著鏟子在馬隊後面收拾善後的小弟，也一樣報以熱烈的掌聲和旗海的揮舞。就這樣喊著，喊到發冷，回家的時候，兩個小孩還說，眞可惜，我們這麼早就要回家。

八月一日（星期日）

九點了，如果不是鍾先生打電話來，我們可能還繼續睡。今天是一個好天氣，起床就看見陽光普照，不過打開窗戶，還是涼涼的，西雅圖的夏天眞好。中國歷史上有許多帝王尋找夏天辦公的地方，或所謂的避暑勝地，我想大概都不可能比這裡好，最近美國各地頻傳熱死人的新聞，如果他們知道這裡的天氣，一定會羨慕的不得了。

站著與坐著

比起美國東岸，這裡的人比較友善，也許和人口密度相關，除了掛在嘴邊的「你好嗎？」之外，比較有人與人接觸的禮節。例如，視線的接觸、親手交東西的習慣。

尤其是人與人接觸的一份驚喜。想起，在台灣，郵局也好，私人商店也好，經常在整個事情完成的過程中，在櫃檯後面的人，可以和你沒有視線的接觸，即使原來兩個人認識，可能都不知道。另外，在台灣我也有許多這樣的經驗，當店員找錢給我的時候，他不願意放在我的手上，他把一把零錢「撒」在櫃檯，讓我一個一個地撿起來，我曾經多次，張開手掌等待著店員找來的零錢，但是基本上他不是不注意，就是根本不願意！相較於這裡的店員，把零錢點清楚給你，眞是天壤之別。

在制度的設計上，這裡的櫃檯人員被要求多一些，不知道什麼時候，我開始注意到，他們值勤工作的時候一律是沒有座椅的。銀行的櫃檯人員、購物中心的結帳人員、小小的租車公司的服務人員，他們所站的櫃檯，一般都不太高，而且工作人員都沒有座椅。他們站著工作，有時需要彎腰向顧客說明這個，說明那個，這和我們需要顧客趴在櫃檯趨前去聽說明，很不一樣。就拿清大的教職員餐廳的櫃檯來說吧，它的高度高到顧客需要踮腳跟，才會知道櫃檯後面有沒有人「坐」在那裡，其背後所預設的哲學很不一樣。

當然，這些「站」櫃檯的人，也不是整天站在那裡，我看銀行和購物中心的櫃檯人員都相當彈性，顧客一多，馬上增加，顧客一少，有些人可能到後面去休息或做別的事。只有一個人的櫃檯，當他們到後面去時，也可能沒有人在櫃檯值勤，但會在櫃檯上放有按鈴，顧客可按鈴把他們找出來。我們不易看見，櫃檯服務人員沒事時在那裡喝茶、看報紙，或趴在櫃檯上睡覺，彼此聊天，無視於等待辦事的顧客。

近年來，台灣有許多機構進行改革，已經改低了櫃檯的高度，或取消了櫃檯的帷幕，例如圖書館的櫃檯改低了，抱著書可以直接放在櫃檯上，省立新竹醫院的掛號櫃檯，帷幕不見了，花旗銀行以國外的方式對待客人，可以在一張桌子上坐下來與顧客面對面討論事情。整體說來也是有進步。我雖然不這麼的信仰演化論，但在這方面，有時候也難免有這種現代化理論的痕跡，希望我們的社會能進步到像別的社會那樣（當然，別的社會也不是什麼都比較好）。

露營週

風、火、大地

八月二日（星期一）

留在營地

大概也是因爲準備露營，今天早上孩子都在營本部的遊戲場玩，孩子說他們玩一種遊戲，被球碰到的就需要坐下，我忘了遊戲的名字，也不會拼那個字。之後，他們到綠湖灘去游泳，去沖水洗澡，Sue說她洗了很久，顯然這也是玩水的一環。Max因爲有自己選的泳褲，今天顯得高興多了。沒有特別的節目，但是Sue在日記的一開頭還是說，「今天我有個愉快的時光，讓我告訴你在營隊所發生的事」。孩子所需要的，有時候不一定是要到什麼有名的遊樂園，花很多錢的地方，比如像清華大學門口的草坪，其實就是只有一塊大草坪，它不知道替多少孩子帶來歡愉。

海灣餐廳

四點半，我們剛回到家裡，Gary就來了，昨天約好了今天一起吃晚飯。我們先到Gary家去，Sue和Max都到四樓去看錄影帶，這大概是他們最享受的囉。徵求孩子的意見後，決定不要去中國餐館，孩子列出的食物，大概都是漢堡、壽司、麵食這一類的食物，Gary決定去靠Puget Sound的一家餐廳（Maggie Bluffs, Marina Grill）。這個餐廳大概是風景太好了，我在風景明信片看過這個景，加上又是日落的時分，雖然我們算是早一點去的了，但是還是等了大概四十分鐘才有位子。

我又發現，服務生帶來蠟筆和著色紙，其實著色紙也只是廣告，上面還寫著屬於孩子的菜單。孩子也不管，埋頭就畫了起來，滿安靜的。我們的中餐店，一向不管孩子的福利，服務生端著熱騰騰的菜、湯，孩子在那裡追逐，眞是危險。設一個像麥當勞那樣的一個活動角落，也許成本很高，又要空間，又要設備。不過，有心做的話，也許可以考慮買些彩色筆和著色紙，費用並不高，重要的是做或不做。

這裡其實是一個遊艇的碼頭。一排排的遊艇，停在一個內灣，外面另外有一個大的海灣，我們看到如山一般的貨輪正在進港。Gary說這些遊艇都是有錢人的，停在這裡每天都需要很高的費用。西雅圖這一帶有許多這種遊艇停泊的港灣，有海灣的大，卻沒有海灣的浪濤。這些環繞著陸地的「湖」和「灣」，基本上是西雅圖氣候調節的一部分原因。

八月三日（星期二）

下冰雹

昨晚去海邊吃晚飯，回程時小孩提到，他們最喜歡的就是去露營，Gary還說八月是這裡第二乾的季節，九月最乾燥，所以如果幸運的話，八月整個月可能都不會下雨。我打趣地說，他們只希望出去露營的時候不會下雨。今天早上一早起來天氣晴朗，我們還慶幸這次露營的天氣應該會比上次好，沒想到下午突然雷電交加、傾盆大雨，我們在Albertson's買好了雨衣，回家途中又是一陣大雨滂沱。我和孩子說，在西雅圖要享受走在雨中的機會，是不容易的。沒多久，太陽復出在烏雲之間，一道道光芒就像電影中關於神仙故事的描寫場景，我趕快叫小孩來看，這樣，下一次再看到這種情形時，他就再也不會相信什麼本尊、分身的事情了。大自然，本來就會有這些千變萬化的奇觀。

晚上，有位朋友打電話說，雷電交加之時，他們正在高速公路，天上下著像彈珠一般的冰雹。第一次下大雨時，孩子正要離開游泳的綠湖，有些人也淋溼了，回綠湖小學以後，遊戲場都溼了，孩子都在室內活動。早上，在學校玩遊戲，輔導員說明生火的方式與一些安全用火的知識。大概是因爲這個星期露營的主題是「風、火與大地」。

晚間再清點Sue和Max已經整理好的東西，長褲不夠，趕快去洗衣烘乾，有些則是小孩自己帶得太多了，例如Max帶了他從圖書館借回來的書，還有滿滿的一鉛筆盒的文具，我想有些並不需要，Max同意把它們留在家裡。他們還帶了枕頭，還好沒有帶陪他們睡覺的玩偶。

關於帶書

其實帶書去露營，並沒有什麼不好，只是怕他們掉了，沒書可以還圖書館，那就麻煩了。當然這是大人的觀點，就管理上的方便而做的建議。這個世界上，有許多制度都是爲了管理上方便而做的，從使用者，或整體觀點來看，都不是最好的做法。

關於帶書，就所謂專家的意見，應該是一件好事。市立圖書館的傳單上有這麼一些話：「永遠都有帶書的空間，書，使得每一個人在等待時，更容易；如果沒有帶書，不要出門；記得在小孩的尿布袋裡放一本書；看醫生或看牙醫時記得帶一些書；替小孩在車裡準備一些書，父母親兩人中，一個開車時，另一個就可以唸書給孩子聽；度假時不要忘記帶一些書去；記得帶書去餐廳。」

圖書館有許多培養孩子讀書的建議，例如：「讀賀卡、讀報紙或讀一些早餐食品盒子的說明給新生兒聽，這些聲音是很重要的；當嬰兒正在長大時，介紹一些簡單有圖片的故事書給他們，這些圖形、色彩和聲音，有助於他們的學習；定期去圖書館，讓孩子選他自己喜歡的書；睡前故事時間，即使是稍微長大的孩子，如果選對書的話都是會很喜歡的；還有詩、押韻的讀物，在短短的時間裡，是很好的選擇。」

這只是其中的一小部分，其他像對於讀書給孩子聽時的表達、情緒、耐心、速度、挑戰性與娛樂性等，也有許多可取的建議。這方面，其實在中文作品裡，已有許多。比較不同的，這裡是由市立圖書館免費推廣，即使像我們這種短期訪客，也包括在內。

八月四日（星期三）

又露營去了

早上Sue和Max各自拉了一個行李箱，到了綠湖小學，我看到各種攜帶行李的方式。有人的裝備看起來很專業，東西裝在登山背包裡，下端則綁著睡袋，不過也是由媽媽背來，顯然孩子也未必有經驗。有布袋，有手提箱，像我們這種可以提上飛機的行李箱也有。有個女孩，把枕頭包在毯子裡，從車上抱下了，她媽媽看到大家在注意她的裝備，還有些不好意思，這是她對露營的準備。難怪通知單中要求行李袋不要太多，背包、睡袋、其他所有東西最好都放入一個大的袋子裡。

露營，期待有個好天氣。不巧的是兩次都碰到下雨。今天白天，溫度好，陽光也充足。傍晚卻開始變陰，下起了雨來，接著又開始閃電。晚間的電視，還有專門的畫面轉播山區閃電的狀況，昨天的閃電，擊中了兩個人，另外還引起附近山區的火災。所以晚間繼續報導這方面的情形是可以理解的，看起來情況嚴重。綠湖區這邊還好，在家裡除了下雨，雷聲在遠處，基本上還好。

這樣的狀況，也符合了露營所要體驗的狀況，風、火和大地，只是這可能不在原來的設計之中，希望一切平安。記得早上快到綠湖小學的時候，有位太太笑著和我們打招呼，問說是否在搬家？孩子說要去露營，她只說：「要小心，不要受傷。」謝謝她的提醒，而這也正是當父母親的唯一的禱告。

Deception Pass州立公園

這次露營的營地在Deception Pass州立公園，這個公園有四千一百二十八・二九英畝，一七九二年George Vancouver船長所率領的探險隊以爲進入此海峽即到了大陸，後來發現並非如此，才把此地命名爲Deception Pass（騙子海峽），但是發現這裡的最早的記錄是一七九一年由西班牙人發現。❶一九二五年根據一項法令，將一千七百四十四・三七英畝的土地贈與華盛頓州作爲公園使用，一九三三年有一個團體開始開發這座公園。

設施方面，白天使用的地區如西灘、北灘等一共有八處，三百零六個野餐地點，六個廚房，五個野餐的避雨小屋，另外還有廁所、食物、雜貨供應店和一千一百九十四個停車位。露營區有二百四十六個標準場地，在北灘有六十五人過夜的露營設施。另外還有游泳區的各式設施、海灘釣魚區，以及一個環境學習中心。在Bowman灣的中心，有一個圓形劇場、三十五哩的健行步道、一．五哩的解說步道，在Rosario灘還有一個水底公園，在Cornet灣有一個海洋建築與維護人員的總部。這個公園適合露營、團體露營、野餐、游泳、水肺潛水運動、划船、釣魚、健行等等。

在這樣的營地露營，理論上需要擔心的地方不多。不過實際上還是有許多問題。

❶可以了解，這樣的介紹是西方人的觀點。就像發現新大陸一樣，「發現」是對西方人而言，絕對不是原住民的角度。西方人說中國、印度這裡是遠東，也是從西方出發的觀點，因為對東方人而言，我們就在這裡，無所謂「遠」。我們生活的世界裡，使用許多西方角度思考的語言和概念，我們現在只有遠東，沒有遠西，因為西方人不用遠西。

八月五日（星期四）

又是一個陽光普照的日子

雖然今天又是一個陽光普照的日子，不過昨晚的雷雨，已經使得露營的隊伍無法繼續露營。下午營隊就打電話說要把小孩接回家了。

中午因爲和開雲在一家印度餐館用餐，餐後難得到綠湖旁邊喝咖啡聊天，回來沒多久，Gary說營隊通知接孩子回家，我差點錯過了時間。我想營隊希望在資料上寫上若干個緊急聯絡的電話是有道理的，如果這兩天，孩子露營，父母親也計畫外出，那麼營地有這些其他的聯絡電話，也還可以安排孩子的去處。

露營本來是孩子的最愛，今天Max卻說下次如果要睡在校車上的話，他不要去了。原來，昨晚大雷雨時，營隊把所有的孩子撤到校車上睡覺。也許大意，或營地沒有整理好，或其他理由，孩子的睡袋都溼了，帶回來的許多沒有穿過的衣物也溼了。所以，根本不能再繼續待在那裡露營。中午過後全部的孩子就回綠湖小學了。

在營地時，孩子說有小鹿經過他們的營地，有浣熊跑來湊熱鬧，也有人看到蛇，風雨中，也是一場難得的經驗。平安就好。

這樣的驚險，使我想起許多年前，和清大社人所的研究生和所裡的幾位同事，一起爬八通關，那時正值颱風天。我們一行人馬，在懸崖下面的小徑，披著雨衣，通過無數的瀑布（颱風天才有的瀑布），也躲過了許多落石，眞是好玩、刺激，下山以後，才知道，那次的颱風災害非常嚴重，還有我們在那小徑行走可能的危險。

舊貨店

昨天孩子不在，工作了一天，照例四點多還是要出門去，除了想念他們不在以外，我還想起過去常有人開玩笑說，一個退休的人，如何以其他方式繼續他過去規律的生活。

走過NE Ravenna Blvd.，往六十五街走去，回程的時候我發現一家舊貨店，以前經過這裡，一直沒有注意到。進去看了一下，空間還不小，除了舊衣服以外，舊的家庭用品，如碗盤刀叉等，還有一區是舊書。我大概看了一下，決定等小孩回來後再來看看。

說起舊貨，它在我的美國生活裡是很重要的。第一次，知道舊貨店是在加州的Davis有一個救世軍的舊貨店，我們除了發現有很多堪用，甚至很新的童書以外，也有一些還不錯的衣物和用品。記得，華鑾那時懷Max時，孕婦裝也是購自舊衣店。

兩年前在哈佛大學訪問期間，我們也常光臨在中央廣場附近的一家舊貨店，現在Sue和Max所穿的一些T恤和衣服，有一些也是來自於這裡。還有我自己穿的短褲也是。我們那時使用的檯燈和咖啡壺，也是來自這裡。

台灣也有許多舊衣回收的事，大學的時候，參加冬令救濟活動，到老師家裡去募集舊衣物，我記得有很多很新的衣物。現在，新竹的大街小巷，都有收集舊衣的箱子。報紙上偶爾說，台灣有許多舊衣，整個貨櫃地送到那些第三世界，還說它們的孩子喜歡穿繡有學號的制服等等，但是我們的社會裡卻沒有使用舊衣的風氣或管道。記得有一次，報紙上說，有位外勞從這樣的捐衣櫃裡把舊衣拿出了，被依照偷竊罪處罰，眞是沒好的流通管道。

有人說，退休以後要去山地當牧師。我眞希望退休以後，可以開一家舊衣店，希望大家把還可以穿的衣物、家庭用品、舊書都拿來，我來清洗（最好是清洗後拿來）、整理、歸類，廉價或贈送給需要的人。並推廣所謂惜福、愛物的觀念，希望能得到支持。

這種資源流通的觀念，在美國除了表現在舊衣店外，週末各地流行的yard sale或garage sale則是另一種制度。可惜，我們的舊衣只能當垃圾，誰拉得下臉，去用別人用過的？其實，不一定所有東西都是舊的，有些是新的，只是用不到了。

八月六日（星期五）

最無聊的一天

關於營地的活動，本來今天應該還在露營，在營地當然有它的活動，內容、地點都有所不同。但留在綠湖小學，意義可能就不同了。今天是兩個孩子感到最無聊的一天。早上留在營本部，玩遊戲、自由活動，下午照例走路到綠湖灘去戲水。活動還是有，但是他們都說，今天無聊透了。

看電視

從營隊回來，本來要去圖書館，Sue還有一本故事書還沒有看完，最主要是他們想在家裡看電視。

看電視，是我們有計畫提供給小孩的一個活動。公共電視裡有幾個節目都很有教育性質，且孩子喜歡的，我們比較喜歡看的有The Magic School Bus、Wishbone、Arthur、Sesame Street、Big Comfy Couch、Power Rangers，還有其他一些孩子常看、但不記得名字的節目。有些卡通，和孩子的生活有密切的關係，具有教育性質的，例如關於出痲疹的，關於掉牙齒的，孩子總會因爲掉牙而有疑惑，或別人都掉牙自己卻不掉牙，而感到困擾，或羨慕，或忌妒等等事情。故事中說，有些人掉牙比較早，有些人卻到了二年級才開始掉第一顆牙等，這對小孩的教育頗有幫助，有許多事情，本來就要向小孩去說明，他在卡通裡看到了，自己也就明白。

Magic School Bus有許多教學相關的內容，多數與自然科學的科目有關，有到海底探險的，有到外太空的，也有到胃裡面或血管裡面的。這些卡通或其他兒童節目，也常用來作爲孩子的教材。例如Scholaristic所出版的許多材料，都是學校裡常用的材料。

台灣孩子看外國卡通，會怎樣呢？首先是有很多文化與我們的社會傳統不同，例如，在Arthur的卡通中，掉了牙放在枕頭下面，許願它會變成一個quarter（二十五分的銅板）之類的，第二天，許願可能實現。Max就說，他要許願變成dollar（一塊錢）。這和我媽媽告訴我下顎的牙齒掉了，丟到屋頂上，上面的牙齒掉了，丟到床下，相當的不同。除了文化傳統之外，許多人指出，這是一種從小孩開始的文化侵略，這裡面有許多價值與文化，時常看外國電視會受到潛移默化而不自知。我想這是有的，但是這不限於在國外看卡通，在台灣也看相同的卡通，只是改成了中文發音，我想前面的擔心，也並沒有消除。在國內，除了美國卡通，日本卡通也很多，而且還很暴力。

談到文化侵略，除了小孩看卡通以外，大學生看原文書，其實也是一樣的，講堂裡講授的理論，多數也是外國學者的觀點，與此是相同的。我們要怎麼擔心這些事呢？

八月七日（星期六）

敏感的議題

早上，孩子們唸完生字就去圖書館。兩個孩子照例選了一些喜歡的書，Max找的書還是那些圖片多的，汽車、恐龍和有恐怖圖畫的居多，Sue最近開始喜歡讀文字多一些的小說。

圖書館給孩子推薦的書，從一年級開始的書單，就區分成小說和非小說兩類，例如三年級的非小說中有一本魔術校車在蜂窩裡，述說Ms. Frizzle帶她的班級到蜂窩去的故事，這樣的書還有錄音帶或卡通可以配合著一起閱讀。小說方面也有很多，例如，《彩虹那一端的金子》等，每本推薦的書，都附有作者和簡短的內容介紹。

過去這個月，台灣的新聞連續報導了三個孩子被父母親虐待死亡的新聞。我在想，美國難道就沒有嗎？記得有一個新聞報導一位離了婚的年輕媽媽，把兩位幼子鎖在車內，然後把他們淹死在湖中。前幾天，這裡的新聞報導了一位小孩被社工人員帶走的母親的抱怨，這位媽媽在電視上說，她多麼地喜歡孩子，是社工人員弄混了accident和abuse，她指著嬰兒床說如何的夾到孩子。這個情形是，鄰居聽到孩子被責打的事情之後，打電話給社工人員，社工人員依孩子受傷的情況，判定並非只是意外被嬰兒床夾傷，而把孩子帶到一個安全的地方，代為照顧。

這使我多留意圖書館在這方面的資訊，果然他們也有這種推薦的書，這些關於「兒童虐待」的童書推薦裡，還依年齡做區分，有小孩讀的，也有推薦給父母親讀的。例如童書欄裡有一本《爸爸有時候是怪獸》的書。當然我也知道，像台灣發生的那幾個個案，社工人員的介入，也許有些幫助，這方面就我所知，國內的社工專業人員已經談了很多，不是我們知不知道或有沒有學者懂這樣的問題，而是我們的社會結構問題。

圖書館裡有一系列的這種書的整理和推薦，他們稱之為「敏感的議題」。議題的大標題說：「我們知道，日子並非每天都是出太陽，難免下雨，或有暴風雨的日子。一些自己不願意或不希望發生，或個人的選擇但社會卻不容易接受的事，也難免會發生。」這方面的敏感議題都可以在這裡找到參考的資料與讀物，例如搬家、家庭裡的不睦、離婚、孩子的瘧待、AIDS，還有同性戀方面的題材，有些是給父母親看的，裡面記載了書籍、錄影帶以及網際網路資源等。

「暑假作業」

下午在「北門購物中心」的Learningsmith這個店裡買了一些學習的用品，這個店很有意思，我記得在哈佛廣場也有一個，裡面除了玩具，尤其是益智類玩具、故事書、軟體、錄影帶之外，主要是教室裡學習的材料，例如各科基本技巧課程（語文、數學、科學都編在同一本）、*Summer Bridge Activities*。前者相當於台灣的教科書，後者相當於「暑假作業」。後者強調不要讓小孩閒下來，在年級之間有一個快樂的學習。我看Sue在小學的暑假作業，它的名字叫做《暑假動腦作業簿》，和傳統的暑假作業，多強調了一個「動腦」。其實差不多，只是這本Summer Bridge強調多一些「好玩」，希望孩子在學習中是有趣，而且快樂的。

果然孩子在做解答時，經常要來和你「玩一玩」。很多時候，我們都不太知道孩子的學習狀況，考試成績或好或壞，其實也不太要緊，但對於孩子想不想上學，卻是一個重要的指標，值得注意的現象。依照一般情形，孩子喜歡他的老師和同學，就自然學習到許多。讓孩子快樂、讓孩子喜歡是很重要的，尤其是把學習與快樂放在一起。

八月八日（星期日）

今天我們打算去Woodland公園動物園。這個動物園離我們住的地方，理論上是很近的，可以說是在走路的距離之內。從綠湖這一邊通過Woodland公園就到了。一來綠湖太大了，二來這個Woodland公園也太大了，我知道今天一天的活動大約都是走路，所以選擇坐車去。楓葉路相當於七十三街的位置，我們從這裡坐十六路公車到五十街下車，再沿著五十街通過公園，穿過九十九號公路，我們到了動物園。

玫瑰園

在動物園南門入口的右邊，有一座玫瑰園，這座玫瑰園，已經有七十五年歷史，園中有來自世界各地的玫瑰花，正在盛開，花圃邊有清楚的標誌，例如French Perfume、Lucky Lady、Bride's Dream、Vainbawbed、Pink Parfait……多數是我不認得的名字。根據介紹，裡面共有五千株玫瑰。

西雅圖玫瑰園

Sue帶了一本筆記，通常我想起的時候，也會提醒孩子帶一個夾子和紙張，把見到的事寫下來。這次是Sue自己把從台灣帶來的一本小冊子帶來，她開始記錄這些名字，我鼓勵她這樣做很好，在寫日記時也可以用得上，她很高興。我們在這個玫瑰園裡照了很多照片。園中有簡單的庭園和座椅，感覺非常地舒服，孩子在其中久久不想離去，我們順便在這裡吃了從家裡帶來的午餐。記得在舊金山金門大橋旁邊的公園也有一座玫瑰園，當時Sue還很小，進到這個玫瑰園，使我想起當年的遊興，家裡一定也有許多照片。

西雅圖動物園的昆蟲世界

Woodland公園動物園

這個動物園占地九十二英畝，今年慶祝一百年的歷史。從南門進入，先是一個非洲熱帶原野動物的環視窗，有鹿、斑馬，右邊的溫帶森林區，介紹一些動物棲息地，森林、家庭農場，還有一處是「接觸區」，遊客可以進去接觸一些動物，像綿羊之類的，多數的小孩都會停在這裡，動物園的工作人員協助他們，並告訴他們如何對動物們有愛心。在「昆蟲世界」這一區，Max碰到他從台灣來的同班同學。在回家的路上，我們討論今天我們每個人最喜歡的部分，Max打趣地說，就是遇到他的同學Ivan。眞是他鄉遇故知。

往北經過熱帶雨林區，到右邊的赤道亞洲動物區，有大象、獼猴、貘、長臂猿、大蟒蛇……等，還有一個泰國風味的建築，裡面有各種展覽。印象最深刻的是這裡有一個大象的家，談起大象的家，就想起大象林旺在（舊）台北動物園的家。兩者相較，實在不算是個家，即使是現在，還是無法相提並論。大象區，有幾個觀看區，外面寫著，大象有很大的活動空間，也就是，如果你站在這裡看不到大象，可能是他到別處去了。除了空間大以外，還有游水的池子，另外，大象還有眞正的家——Elephant Barn，其華麗的情形，眞是可以用皇宮這個字來形容。

這可能是這個動物園的特色，這個動物園是全美前十大的動物園，以營造動物原來的自然環境爲目標。所以其他動物地區也具有相同的特色。再往北門出口，有一些所謂猛禽區，左邊是花豹區，再北是澳洲動物區。

蝶與花

通過澳洲動物區，我們碰到一座蝴蝶館，這裡是另外收費的館區。收費後有一張精美的海報，上面印有各種美麗的蝴蝶，據說這次展覽各種蝴蝶將近一千種。場外的看板，用世界上各種文字寫出蝴蝶，英文、希臘文、中文，中文寫的是「蝶蝶」，如果他們知道客家人叫蝴蝶爲「揚葉」，他們也一定覺得很傳神，原來蝴蝶休息時候翅膀也是張開的，動靜之間都像是葉子在展開飛揚。

在「西雅圖中心」的蝴蝶館，上個月我們剛看過蝴蝶，在台北的動物園，我們也參觀過蝴蝶館，這次印象特別深刻，蝴蝶不時地站在訪客的帽子上、衣服上，惹來陣陣的驚喜，和照相的動作。館內的花特別鮮豔，蝴蝶的飛舞，就是出了參觀區，也還在縈繞。這個時候，就是資本主義發揮作用的時刻了。各式的花朵、各式的蝴蝶形狀用品，全部飛到紀念品店裡來了。風箏、磁鐵、玩具一應俱全，甚至有把洗澡的香皀壓成蝴蝶狀的工具。我雖然了解一些資本主義的祕密，但是還是不易脫身，最後兩個小孩都有印著蝴蝶的T恤，心滿意足。離開時還屢屢回頭，這眞是一個漂亮的蝴蝶區。接近六點了，動物園也快關門了，腳也走累了。

水的世界

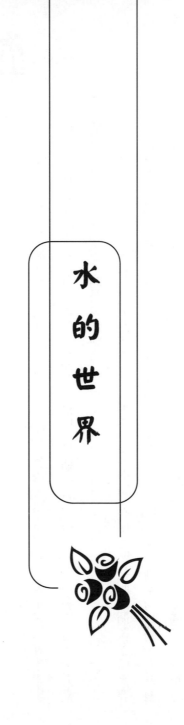

八月九日（星期一）

水世界

這週營隊的活動主題是「水」。今天除了照例到綠湖戲水之外，就是在綠湖小學玩遊戲、打水球，還有畫魚。在這一週的計畫裡，星期三要帶白色的T恤去染色，今天畫的魚，可能是先爲當天的需要做準備。

要一件純白的T恤，還眞是不容易，最後去「北門購物中心」找到兩個孩子所需要的純白色T恤。Max在新竹的學校裡也做過，在自己的衣服上畫上圖案的活動，在外國學校的活動裡，好像是很多。不知道高年級一點，台灣的小學生是否也做這些。台灣的大學生，流行的是做系服，也是由自己設計圖案，然後集體的，全班或全系的同學一起購買。現在的孩子不喜歡制服，但由自己的團體決定的服裝卻也很流行。

拿石頭砸自己的腳

說起系服，就使我想起新竹市政府去年有一份公文說，學校不能統一強制規定學生穿制服，但是以班級爲單位，如果學生、老師和家長，有共同的決議，可爲之。相同的，如果以年級爲單位，學生、老師和家長有共同的想法，可以有年級制服。再往上就是，如果全校有共同的決議，可以採用全校性的制服。以班級爲單位，可能性大，但是以學校爲單位的共識，似乎已經否決了全校性制服的可能性。

我知道新竹有一個學校，起初由校長要求運動會的時候穿運動服裝，這也眞是無可厚非，接著下來校長規定每個星期四穿運動服升旗，運動服在另一種正當性的掩護下，已經成爲學校的制服，只要是統一的衣服就是制服，指定學生在同一個時間穿同樣的衣服，就是指定穿制服。如果加上體育課時並不穿運動服的佐證，那就更清楚了。上有政策，下有對策，其實所有的社會行動或法規的實施，本來就是有很多非預期結果的可能性。頒布政策的單位，不好好研究就要施行，無疑是拿石頭砸自己的腳，規定一大堆無法做到的規範，就像滿街畫紅線卻又滿街停車一樣。新竹市的交通，看那條模範道路

（光復路）路邊的停車規定和實際停車現象就知道。

鼓勵搭乘公車

西雅圖的公車，在車前保險桿之處設有一個載腳踏車的架子。公車處所做的努力不只如此，在我們去夏令營的一個路口，經常有一個展示架，展示牌上說在公車前面放置腳踏車，不但免費，而且很方便，你可在這個示範架子上練習。我看了一下，果然簡單，只要把腳踏車放上去，拉起一根彈簧把腳踏車固定就好，別無其他動作。

我們在搭公車的途中，遇到腳踏車騎士這樣做，並不需要花多少時間。每輛公車都有方便殘障人士上下的升降設備，輪椅上來以後，司機過來幫忙把輪椅加以固定，也不需多少時間。從車門上來以後左右兩邊都有一個可以活動的座椅，翻開之後，輪椅可以在這裡固定。

公車上，有許多鼓勵購買公車月票的廣告，有許多優待。另外，週末或假日，可以用兩塊錢買一張全天的票，實際上，如果一個人需要在間隔三個小時，坐兩趟公車，和買一張全天的票是一樣的。❶週末，小孩也免費搭乘。看得出來，公車處鼓勵搭公車的的理念。這和台北市在選舉市長時，候選人提出幾年內不漲價等政策，似乎有些不同。西雅圖市鼓勵搭公車的理念和活動，也在其他地方推廣，例如在華盛頓大學的國際中心、在每一輛公車的駕駛座後面、在大型的購物中心、在人潮較多的書店，無不放滿了各種公車的免費資訊，有全市的公車路線圖、有各路線公車詳細的行車路線、有各路線公車的行車時刻表，平時、週六、週日與假日分別清楚標示出各主要車站的時間，另外每一個車站，還標示了公車到達的時間。車輛從很遠的地方駛來，也未必班班都準時，以我的經驗，大致也並不離譜。

西雅圖的公車還有一項特別一提的收費政策。跨區和尖峰時間的費用都比較高，要收美金一．二五元。前者，因爲區域很大，通常我們都沒有超出。後者，也許是希望坐公車的人可以分散時間，例如，如果時間彈性的人，儘量不要利用上下班時間搭車，但是如果是在一般時間搭乘時所取得的票，在三個小時內搭乘尖峰時間的公車，並不加價。上車處，隨時標明當時或當天的票價，及上車付費還是下車付費的說明。

❶間隔三小時的理由是，一張票在三小時之內，坐原車或轉坐其他公車，不需另外付費。

八月十日（星期二）

今天眞爛

Sue在日記裡一開頭就寫，「親愛的媽媽，今天眞爛，讓我來告訴妳爲什麼。」今天計畫中的活動是要到Alki沙灘去玩的，孩子說，因爲校車的司機沒來，所以他們沒有辦法出去。留在營本部，似乎活動設計也不夠積極。

孩子本來自由地玩他們的活動（自由活動或放牛吃草），後來輔導員要他們玩球，他們也許都沒有很投入這個遊戲。Sue和Max最近和Amy常玩在一起，成爲好朋友。輔導員才剛剛問我說，Amy的媽媽要和我們交換電話，好不好，❶希望他們在營隊活動之後還可以一起玩。遊戲沒多久，Amy被她媽媽帶回家了，他們兩位頓時都覺得今天眞的無聊。Max在日記裡寫到「Amy不在，一點都不好玩」。即使下午也到綠湖的沙灘，用沙做城堡，我看到他們做的很多城堡，還有運河、船隻在其中，他們還是覺得今天眞是糟透了。

離開了營隊，孩子們和我提早去買他們一週一次的午餐。超市有一種做好的西式的午餐，原先已經約定，一週只能帶一次，而且需要在星期三以後才可以買，明天星期三，勉強可以解釋爲可以接受的日子，這樣做，也是希望他們不要覺得今天實在太爛了。之後，我們還與開雲一起在綠湖散步，走了一圈，然後回家做功課。

股票與公共意識

自從七月初所謂兩國論開始被討論以來，兩岸及國際的各種動作、聲明陸續成爲媒體的重點。民間股市升降受到影響是最爲直接。

以前，我曾經認爲台灣開放股票市場之後，可以培養一般人的公共意識。因爲，台灣許多股票買賣的人，尤其是散戶，多數不研究所買股票的公司營運狀況，他們靠消息面。靠消息面的話，就會需要了解社會上許多事情，尤其是政治面的動靜。因此，民進黨有言論的發表，一定要知道，國民黨有什麼主張，也一定要曉得，美國政府有什麼政策，甚至元首到哪個國家去訪問，見了什麼人，也必須了解，當然北京有什麼消息發布，更是重要。因爲這些都會影響股票行情。

記得在布勞岱（F. Braudel）的鉅著《資本主義與文明》中讀過，猶太人有時派遣人員跟著軍隊一起去打仗，其目的就是希望能夠有比別人更早的一手消息傳回，以便做市場判斷。這種影響對於以金融爲特色的營運，最爲直接，股票、期貨算得上是這方面的業務；以製造爲主的經濟活動，受到的影響沒有這麼快；當然擺地攤、開雜貨店的，其影響就更慢、更小了。

依這個觀點看來，股票市場的活動，必將帶動對於公共事務之消息的關切。弔詭之處是，逕自把對於公共事務消息的關切，直接和對公務事務的關切畫上等號，有許多不對勁的地方。

以這次兩國論的現象來觀察，股票是受到影響了，股票投資的散戶也關心消息了，但是也僅止於此。幾個月以後再看這件事，可能猶如九七年香港股市崩盤，散戶大量拋售股票，承受的基金，在穩定之後，大賺其錢。

資本主義市場，從來不受自由競爭市場的機制所決定，在這個事件發生的漩渦中，有關係的、有權力的、有資本的，永遠比散戶活得比較久。猶如布勞岱所說，資本主義

（尤其是金融資本主義）的頂端是不透明的，在這裡講究的不是市場的原則，而是一種權謀的操縱。

我終於明白，從關心公共事務的消息面，到關心公共事務，有一段距離。

❶通常在未取得當事人同意之前，學校或營隊，不會隨意把電話告訴他人。

八月十一日(星期三)

染衣服

純白的T恤，今天帶去營隊染色，原先我以爲是像以前，在衣服上寫上字，或繪上圖案。例如，Max有一件在學校的染色的課裡做的，就是在背後寫上"H.I.S. '99"，然後在前面畫上飛碟等，看起來還很「正派」。我去接他們的時候發現，在門口有一排好像等待領取的失物，我終於明白，這就是他們今天的傑作。

染色後的T恤，有點像是嬉皮的衣服，記得台灣也有流行過，就是沒有眞正的圖案，只有顏色，藍色或有點紅，橘子色，一條條的花紋，成一個中心或幾個中心的放射狀，或成雪花，或成一個半圓形，構成主體。根據孩子的說明，應該是把純白的T恤緊緊地捆起來，然後在外面染上塗料，打開以後，就是一條一條的形狀。在網路上也可以發現許多這種賣Tie Dye的衣服店。也許還待曬乾，今天並沒有把衣服帶回來。

回到家，決定去圖書館，借了書，兩個孩子除了照常寫日記和作業外，多沈浸在他們借回來的幾本書裡，一直到睡覺時間，Sue還不肯睡覺。住家附近有個好的圖書館，眞的很好。

責任倫理與信念倫理

如果政治是管理眾人之事，那麼政治人物所發表的與眾人相關的言論或所做的活動，也應算是一種政治行爲。這些日子來，台灣簡直是一個瘋狂島，先是連續幾樁小孩被父母虐待死亡的報導，接著是高壓電塔倒下來、教授抄襲的學術倫理。

其中，最令人矚目的乃是政治人物的合縱連橫。我不懂政治，也不知道政治的虛實與權謀。但是我作爲一個學術人，讀過一些書、一些討論政治的觀點。遺憾的是，在今天的台灣社會的政治人物，似乎還需要這些觀點的提醒。

務實，一直是政治活動的核心，也是台灣過去幾年來的政治口號。它可能有許多意義，其中一個我想應該和責任倫理有關。所謂責任倫理，需要做到對現有的狀況有所了解，並對還沒有發生的事情，有相當的把握，要能做到這兩點，首先就要有相當程度的客觀中立的學術性、科學性的研究。立足於價值中立，屏除利益糾葛的客觀研究，才能對局勢有所剖析，採用的政策與方式，才可能趨近最好。

但是這樣還不夠，所謂客觀研究，也不過是本著某一個觀點的研究。這時，彼此之間有所不同，乃至於結論與建議有所矛盾，似乎也是可以了解的事。於是我們終於明白，決策並不是按照客觀的研究做成的，因爲所謂客觀的研究，仍有許多神話，社會科學如此，自然科學也不必然例外，在過去的科學史研究中，已有許多研究指出這點。關鍵之處在於做決策的「決策者」，這個決策者，必須是一位有智慧、有根據、有擔當，具有責任倫理的人。

簡單地說，責任倫理的政治家，會從一件事情的實行，一個言論或動作可能引起的結果考慮起，這些結果，有各種可能性，有些是可預期的，有一些是不可預期的（各種研究可以幫忙揭開其中一部分）。根據可能的結果，來選定決策。什麼樣的結果對眾人是好的（也可能對決策者或他的政黨不好），那就是應該做的決策。

在另一面，信念倫理的政治家，則爲了自己所信奉的信念，堅持某種做法，即使預知後果嚴重，仍要堅持。也許不一定有私心，但是卻一心爲其所堅持的理念服務，有時寧為玉碎，不為瓦全。在簡單的二分之下，我們所希望的毋寧是一位責任倫理的政治家。當然責任倫理與信念倫理，也不是這麼容易的一刀二分，兩者之間仍有相當程度的糾纏，這方面韋伯（M. Weber）有許多細緻的剖析。那些沒有倫理的，只能勉強稱為政客，根本不能稱為政治家，不幸的是，台灣政壇裡最多的是後者。

八月十二日（星期四）

美夢成眞

今天營隊活動的場所在Wild Waves Water Park，這是美國西北部最大的水上樂園，有占地三十畝的設施，如大型的水上滑梯、兩萬四千平方呎的波浪池、water ride等。通常與Enchanted Village一起介紹。可能因爲路比較遠或回程時間不易掌握，營地特別通知，今天延後接小孩的時間，要五點以後才會回來。今天營隊的活動是Sue和Max感到最滿意的一天。Sue在日記的第一行寫道：「今天，我的夢想實現了。」

九點鐘，他們出發去水上樂園，校車的司機換了，車子開了很久，小孩說經過很多高速公路，中途還換車，他們坐在通常是輔導員坐的地方，視線比較好，他們在車上看到很多東西，這使他們覺得很高興。說的也是，多數的時候，小孩不論是坐在公車或轎車裡，通常都太矮了看不到外面，他們的觀點難免和大人不同。我終於了解，大人和小孩說話的時候，經常要蹲下來的理由，蹲下來採取小孩的視角，才能理解小孩。

到了目的地，小孩眞是快樂極了，在Sue所描寫的內容中，可以知道一些：「當我們抵達那裡，我們眞是快樂極了，我們去玩風環，上面風很大。我們去玩海盜船，好像船已經是豎立的，我們又去玩雲霄飛車，最好玩的是溜水梯。」日記寫完後，Sue還在上面畫了一些圖，圖片上插上一些驚叫聲。Max也記下了約略相似的內容。

此外，他們還去游泳。打從自己選了游泳褲以後，Max顯得比較愛游泳，他說他今天還潛水（就是頭和身體都在水裡），他還得意地說，我沒有戴耳塞，也沒怎樣。洗澡的時候，又把頭埋在水裡，還說明天還要去潛水，眞把我嚇一跳。

Sue和Max一直有中耳炎的困擾，四個耳朵，在兩年多以前都放進小小的管子。前年一年在哈佛大學時，只因爲耳屎太多，造成壓力，清潔後沒事，去年一年在台灣，因感冒發作過一次，大致還好，但是我們都不敢讓他們像正常的孩子去游泳，耳朵一痛，又是十天兩星期的抗生素，我還是覺得不必吃藥最好。

社會學家的兩難

從十五大道轉到六十五街的時候，可以看到一個水果屋，也可以說是一個很大的水果攤。在公車上可以看到擺滿水果的架子，也可看到標示的價錢，和超市比起來，的確比較便宜。有一天和Sue、Max去到這個水果攤附近的書店，便順道過去買水果。到了店裡才知道，其實多數的水果都不如在超市的品質，沒有挑選過，沒有冷藏設備，有許多已經壞掉，同時店內購物的環境也很差，使我有相當程度受騙的感覺。

唸社會學的人，常有這種困境。理論上，不希望資本家太有勢力，希望弱勢團體有生活的空間，於是在生活上傾向普羅的生活方式，即使有錢，也不做與社會學者身分不符的事，例如我有些同事，堅持只用國貨，以行動來實踐理念上的理想。有機會我也願意協助這些弱勢的人口或用國貨，例如在清大郵局出來的對面有些攤販，我記得，有一個攤位晚上沒有照明，地點也不怎麼好，我想生意也許也不會太好，我特意地光顧幾次。在金城一路的路邊，下班時分，也有一位老太太在那裡擺攤子，地點也不好，別人都收了，她還在那裡，我也特意地去光顧幾次。結果，總覺得她們的東西一來比較不新鮮，二來比較不好吃，也未必比較便宜，甚至覺得也不誠實。

這使我相當苦惱。幫助弱勢群體的生活，和自己的消費利益相衝突。花相同的錢，卻得不到相同的好處，下次要不要再來消費？確實有許多內心的掙扎和猶豫。買國貨、向沒有照明設備的攤販交易，還有，要不要在這個沒有冷藏設備的水果屋消費，還是回到有舒服的購物環境，有折扣，又有消費者服務的連鎖超商？雖然我們已經了解一個強大的資本主義體系支配的背後霸權，但是要抵抗卻也不是一件容易的事。

八月十三日（星期五）

Luther Burbank公園

今天營隊在Luther Burbank公園這裡活動，它是一個縣立的公園，在Mercer Island東岸占地七十七畝，是當地家庭的最愛。乾淨、沙質的海灘，還有淺水的游泳區，理想的蓋城堡的地點，簡直是小孩的天堂。沿著水邊，有一條用木頭鋪成的步道，有一個遊戲場，滑梯、山洞、鞦韆、蹺蹺板和攀爬的繩網。

孩子們坐校車到這個公園的遊戲場玩，吃完午飯後，到附近去採黑草莓，然後在附近的草坪打水球，就這樣過了一天。Max帶回他的Tie Dye的T恤，看起來還不錯。Sue的可能被錯拿了，還沒有找到，剩下的T恤並不是她帶去的。從這裡得到一個教訓，就是每次帶去營隊的東西最好都能寫上名字。

吃飯是一種文化

來西雅圖之前，在書店買了幾本食譜，飯盒食譜、家常菜祕訣，還有傳統滷味。目前，大致沒有派得上用場，我稍微看了一下，大致的程序都無法遵循，而且多數所需要的東西，手上大約無法齊備，不像西式的食物，只要看得懂把烤箱預熱到幾度，放進去幾分鐘，如此簡單。即使如此，還是用電鍋蒸或滷了許多全家都喜歡吃的東西。大致還是醬油、酒、蔥、薑等，煮熟沒問題，火候還不是很好，需要多一些默會的經驗知識。

自從煎蛋引起警報的事連續發生後，已經很少煎蛋，甚至也很少煮飯。過了一個多月的日子，一包五磅的米才用完，今天開了一包米，也是五磅，也許到回家還吃不完。

吃飯其實是一種文化，除了飯以外，可以吃別種食物。來西雅圖的這些時間裡，有時吃中國白麵，有時吃義大利麵，有時吃pizza，有時吃麵包，有時吃馬鈴薯，或者是白饅頭、法國麵包、自己烤的簡易麵包。吃米飯，變成不是經常有的事。中午Sue和Max的午餐也多半是以麵包、水果、水煮蛋、果汁、馬鈴薯片和開水、汽水（如沒有咖啡因的雪碧）等構成。所以，吃飯已經變成不是日常生活裡常有的事了。

有時候想起「其實不一定要吃米飯」，就覺得文化的束縛很重。想起小時候，家裡的幾分田全是種稻，剛好夠吃，其實種馬鈴薯說不定更合算。可是這種思考，完全不在當時的考量之內。文化的慣習，幾乎已經決定了我們做什麼和不做什麼！吃不吃米飯，是一種文化。

八月十四日（星期六）

一〇一〇四五七

八點鐘起床後，先和新竹家裡打電話，台灣正好是晚間的十一點，我們仍用一〇一〇四五七。幾年前，打個越洋電話，是一件大事，從台灣打到美國，更是要先打好草稿，不敢多說，因爲收費很貴。最近台灣的國際電話費已經調降許多，但是看過降價的新聞，還是不知道到底有多便宜。過去的知識，告訴我們從美國打回台灣比較便宜。電信局，大概是吃了這個虧，所以大幅調降國際電話費。

調降費用是美國商業活動常有的做法，例如飛機載客率太低，虧損了，常用的方法是調降票價費用，以吸收更多的乘客。這種做法和台灣所見的調高費用，正好相反，例如國內的航線虧本了，常用的做法是因爲成本提高了，所以需要調高票價。這兩種不同的做法，所想要達到的目的其實都是相同的。但是因爲所處的環境不同，所以採取的方式也不相同。

在美國打電話，先是幾個大公司互相競爭，如AT&T、MCI、Sprint好幾個公司，削價打折拼客戶，常常提供各式的優待券，來吸引客戶。甚至是爲了吸收亞洲客戶，也找了許多精通亞洲語言的工作人員，專門打電話來遊說，希望你更換長途電話公司。後來，陸續有好幾家提供一〇一〇開頭的公司，他們的做法則不需要更換長途電話公司，只要先打了這家公司的代號，不必換公司，就可以用這個公司提供的電話費率。這種公司已經有好多家，廣告上有各家的費率的比較。其實各有優缺點，需要按自己的需要選定。

在美國，雖然有許多獨占性的事情發生，但是競爭所帶來的選擇，仍是消費者常要面對的事。電話、電視一定可以選擇，甚至連家裡用的電力公司的電，都可以選。眞是不錯。

今天早上，因爲Max的功課複習進度很慢，一直無法達到出去的標準。我們在吃過午飯後才到「北門購物中心」去。一方面是鼓勵Max的功課，去買一個會發出聲音的磁鐵，一種貼在冰箱的磁鐵，這是他上次來的時候希望能買的玩具。另一方面，還需要買

購物中心的小丑和小孩

一些回台灣後要使用的英文練習作業等。

即使只是在一個購物中心裡逛了一個下午，孩子還是很高興。買書、買玩具自然不在話下，另外長廊裡提供的活動，例如小丑替小孩編織氣球的帽子、蝴蝶等，更給他們帶來許多快樂。購物中心裡，有一家攝影店，免費替他們拍照，除了廣告性質外，實在也想不出來，他們這樣做會有什麼實際的收益。

網路資源

這個週末是今年夏天我們在西雅圖的倒數第二個週末。很久以前就預定要去參觀的飛行博物館，看情形就快沒時間了。查閱一下西雅圖關於小孩活動的介紹，很容易就知道這個博物館的吸引力。沒有汽車，則有另一種旅行的體驗。先是在網路上（Yahoo）找尋這個博物館，有了博物館的地址，鍵入郵遞區號和地址❶，可以在網路提供的電子地圖中找到博物館的所在地，有一個網址（http://maps.expedis.com）可以查詢詳細到某種程度的地圖。我們知道了地址和到達這裡的公車，但是還是不知道博物館眞正在哪裡，坐公車要怎麼去？還好西雅圖的公車在http://transi.metrokc.gov/bus下面可以得到許多協助，只要鍵入一個地方的名字，電腦就會列出到達這裡的公車號碼，每一路公車之下，另有各站的時間表和簡圖，有了這些資料，就可以找出換公車的地方以及搭車的時間。把一七四路的公車印出來後，進一步查出它和十六路換車的位置，就可以從Green Lake坐公車到博物館去了。

❶在美國最好要有郵遞區號，博物館統計遊客時，常會問你從哪個國家來或（在美國）的郵遞區號多少。想起郵遞區號，就想起台灣推行郵遞區號的一筆爛帳。若干年前，一個區三個數字，好像還不錯。不知何時突然改成五碼，大家都搞不清楚，甚至連許多公家機構印製的信封都沒有印上郵遞區號，最後的結果是大家都沒有寫。後來又改成三碼，有些仍有五碼，不過原有的郵遞區號

也改了，例如，清大原來是三〇〇四三，突然改成三〇〇一三，也不知道為什麼？記得有人批評郵遞區號改五碼後很難記，就像有些立委批評車牌號碼上面有英文一樣地愚蠢，甚至還批評五十元和一百元的鈔票顏色很像，會使人弄不清楚。殊不知中國大陸的車牌也有英文字編號，郵遞區號更是加倍的長，美國所有的錢，從一元到一百元，其顏色和大小都一樣，還好美國的民意代表，沒有說他們無法用顏色分辨鈔票的大小。不幸的是，台灣的立法委員竟然說郵遞區號太長，而台灣的文人官僚，又不敢像德國那樣，依據其專業，駁斥這些不專業的意見，致使民意代表經常性的成為破壞社會制度與建設的來源。寫到這裡剛好看到台灣的國大擴權案新聞報導，台灣民意代表之禍國殃民，此為最哎！

西雅圖市的公車站牌

八月十五日（星期日）

公車免費搭乘區

早上，雖然寒冷又下雨，還是決定依計畫搭公車去博物館。❶先搭十六路到碼頭，司機就說這是終點了，這也很奇怪，資料上從沒有說明這種事，我還以為會經過隧道，在Union Street下車，後來才知道，十六路也不經過隧道，只有從大學區這邊發出的一些車子到市區之後才經過隧道。還好在市區車子很多，一下子就回到原來預定換車的地方。也正因為有這一段搭車經驗，才知道，西雅圖的公車在市區都是免費的。站牌上貼著綠色的「免費搭車區」的標示，上車時，也有標示。這也算是鼓勵在市區搭公車的一項措施，難怪不見計程車滿街跑的情形。我在一項介紹裡看到，這裡的公車還提供一種很特別的服務，乘客如果在晚上回家，可以

西雅圖的飛行博物館

要求司機幫忙把路照亮，直到旅客覺得安全爲止，公車處的措施，不可說不用心了。

飛行博物館

西雅圖因爲有一個波音公司，可以稱得上是最大的飛機製造廠。這個以波音公司爲基礎的飛行博物館，擁有許多其他飛行博物館所沒有的特色。

多數的飛機都是眞正的飛機，從最古老的原型，一直到登陸外太空的一些資料與實物的展示。現場有一半的飛機是掛起來的，另一半的飛機則放在地上。對小孩而言，文字的說明，需要有大人加以說明，不然只是純看飛機而已。地下層有兩架用過的戰鬥機，很多人排隊進去坐在飛行員的位置，看那些儀控裝置，還有戰鬥員所能看到的視線，可以眞正的體會飛行員的狀況。兩架戰鬥機，一次只允許十個人參觀，入口由燈號管制。

往上一層，有一個飛行模擬器，以前也在電視上看到介紹，美國人用它來訓練飛行員，這個模擬器可以參觀試坐，每人收三元，Sue和Max都去了，眞是刺激，結束後直說還想再去。

更上去有一區是小孩很喜歡的一區，所有的飛機都是眞正的飛機，但體積都很小。告示牌說，這些都是眞正的飛機，不是小孩的玩具，但是在父母或大人的協助下，小孩可以到裡面去。很多孩子在這裡爬上、爬下，看起來儼然是一個兒童遊樂場所。旁邊有幾位年紀很大的義工，幫忙解說，也隨時勸導對這些古老的飛機的不當使用。

更上一層，是機場的控制塔，從塔內可以看到波音飛機製造公司的詳細情形。可以聽到國際機場塔台眞正的對話，另外也可以看到儀器上出現的班機的位置和號碼，這個位置就是平常塔台工作人員的位置。在這裡，約略可以知道所謂塔台工作人員的工作環境。

飛行博物館中太空人的展覽

往下回到第一層，有一個角落，展示了登陸月球的實物，包括岩石、照片、歷史、月球車、太空衣、太空人在太空船裡所使用的東西，另外也有影片介紹這些內容，我們在這裡用去不少時間。在同一層，有一個戲院，按時一天幾次的播放關於飛行器發展的歷史，及使用的方式，包括民用、商用、戰爭等，也說明空中服務的轉變。可惜還是沒有解答我長期以來的疑惑，第一，爲什麼所有的航空公司在飛機上一定要吃東西？即使是很短的旅程，通常也會發食物，就是只有麵包、果汁，還是不能省？第二，爲什麼坐飛機要「再確認」？這是很浪費時間、人力的一項要求，到底有什麼作用？應該是要更改時間或班機，或取消行程的旅客才要和航空公司去確認或再確認才對呀！

在售票口的外面，有一架美國總統的座機，美國總統尼克森、國務卿季辛吉等人的許多照片展覽於此，包括訪問中國大陸時，和中國政府政要在機前相互問候的照片。想必就是那一段時間的美國總統座機。機上的座椅安排和一般不同，有幾個人對座的會議桌，也有總統的專用空間、通訊器材，上面還擺了影印機和打字機，現在看起來，已經是古董，也眞的可以在博物館了。在前面的駕駛艙裡，有四個駕駛員的位置，到處是複雜的儀表裝置。

在入口處右邊，有一座Red Barn，是一個相當值得參觀的地方。這裡不但陳列了人類飛行史上的一些事蹟，更重要的是陳列了波音公司的發展史。在這裡我第一次發現到飛機最早的時候是用木頭做的，包括機身、機翼的構造都可以用木頭做，另外掛在引擎上那片轉動的葉片，也可以用木頭做成，眞是不可思議。

在一些櫥窗裡展示了幾百片像竹蜻蜓那種的飛葉，各種形狀，各種幅度。我猜想，他們用此做過無數的實驗。竹蜻蜓，最早不知道是哪一個民族發明的，但是這可能不是那麼重要，重要的是有些民族還是停留在竹蜻蜓的階段，有些民族卻用在超音速的飛行器上。就像在登陸月球的那一個展覽的位置上，有一個模型說，中國最早發明這種沖天砲，旁邊展示了一個鞭炮綁在一枝竹子上面的火箭砲，樣子與現在火箭升空很像。相同的，能夠用它的原理，進一步發射衛星那才厲害。

在Red Barn的二樓最後面，有一間辦公室，這是總工程師的位置，空間不大，但是在這裡不知道討論或決定了多少人類飛行史上的大事。其辦公室的空間與貢獻不一定有什麼關係，就像我看過的各著名大學的教授研究室，其實都不大，多數大約在四坪左右，相較之下台灣的教授的研究室大得多，有些人甚至開玩笑說，可以在研究室裡騎腳踏車（我指的是一般國立大學的標準，台灣也有很多教授沒有研究室，或幾個人擠在一個小小的空間，不如國立大學的研究生的研究室的現象）。可惜的是研究室的空間大小與研究成果（不一定是指量的多少）沒有什麼關係。

每個博物館，都有一個紀念品的店。即使像在美國東岸New Port那裡，一些過去有錢人住的華廈開放參觀也一樣，最後難免有一間賣明信片、畫冊、T恤的地方，什麼東西都可以拿來賺錢。這大概就是資本主義社會的本質，我記得在哈佛大學附近，靠近Harvard Inn那邊，有一個革命書店，也許老闆有他的理想，我沒有問過，但是各種反對資本主義的理論，印成書，做成相片，在資本主義社會被販賣，卻也是理論所需要反省的地方。

在這個博物館的店裡，除了每個博物館都有的東西外，最多的就是與飛行有關的教材或玩具。孩子想要的玩具很多，最後，我們也買了一些，如「太陽系」（書和CD）、

離開博物館，坐公車回綠湖畔的住家，花了一個半小時。

漁人碼頭

明天開雲將離開西雅圖，今天算是Gary給他的一個歡送晚宴。六點鐘，開雲來載我們以後，先到Gary家，又是要去一家大排長龍的店。到了漁人碼頭的安東尼這個店之後，一面喝著飲料，一面等待，大約有三十分鐘以上。不過這家店的料理真的很棒，Gary和Eleanor都強烈推薦鮭魚，料理眞的不錯。煮了一個多月的食物，我想食譜重要，材料重要，火候也非常重要，不論是一種標準化的方式，或用師父經驗中所傳授的一種默會的知識，火候一定是一個決定要素。

小孩在蠟筆、著色紙的安排下，忙碌而安靜。這種安排，在這裡是很普遍的。希望

台灣很快也能學習。當然，學習有時也是困難的，例如這種蠟筆、著色紙的安排，台灣人不可能不知道的，這個店裡有很多台灣觀光客。又如，國人去日本觀光的也很多。我第一次去日本時，對於他們的沖水馬桶的設計感到驚訝不已，日本人把沖水馬桶的出水口接到馬桶的儲水桶上面，然後把這個儲水桶的蓋子，改成一個小小的洗手槽。當然驚訝的不只是日本人想出這種點子，我記得台灣也推行省水運動，還有衛生、洗手等運動。這種設計正好符合衛生又省水的理念需求，可惜未見政府的提倡，也未見廠商的模仿，好像一種理想只要在廣告文宣上寫寫，再來就是在天橋上掛一些布條就行了。我終於了解，爲什麼台灣的人行陸橋，經年有各色布條、木板寫滿了重重疊疊的文宣。文宣自身變成了目的，可能是用來交差用的，至於成果，其實大家都知道。

❶今天因為是週末，一個大人兩個小孩，只花了兩元，換了幾趟車，在車上大約就將近三個小時。要省錢的話，其實也是做得到的。西雅圖今年獲得年輕人最喜歡的全美十大城市之一（包括消費的指標），不能說是沒道理的。

山之巔

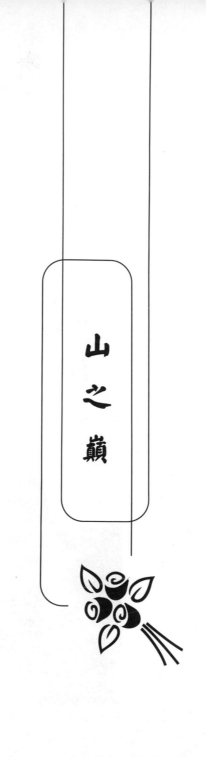

八月十六日（星期一）

山之巔

這星期營隊的活動主題和山有關。今天早上照例在綠湖小學的遊戲場玩遊戲，主要的活動是用泥土捏出想像中的山，也有人捏河流或其他的東西，把大家的成果放在一起，很是可觀。此外，還分組組織俱樂部，Sue、Max和Amy他們組織了一個MAS Club。Max負責教運動，Amy則負責做午飯，還有Sue當自然科的老師，他們依工作的先後，排列名字的順序，成爲MAS Club。這個俱樂部，是他們三個人在這次營隊活動中最難忘的一件事，回台灣後，Sue和Max與Amy維持兩個星期寫一封信的情形，繼續他們的活動。

Amy和Sue、Max在營隊中結成好友

可能是天氣太冷，下午要去綠湖畔戲水的活動，並沒舉行，孩子有所抱怨。因爲三點多開始出太陽，天氣好的不得了。回家之後，我們去圖書館，公園裡有很多人在活動，眞的可以想像在這種冬天多雨或其他會下雪的地方，會有人說，「請你不要擋住我的陽光」。只要有太陽，我們都可以看到各種曬太陽的姿勢，不知道在生物上，是否有一些因素可以解釋這些，但是最少從環境上，這是可以理解的。在陰雨多日之後，陽光乍現，我都想躺在那裡曬太陽，恨不得把每一寸肌膚都讓陽光曬一曬。

先到先行

剛到這裡的時候，即使過馬路走行人穿越道，汽車停下來讓你通過，也覺得有點不自在。❶一個多月過了，孩子已經習慣如此自由自在地過馬路。有時沒有看車子，一路走下去。其實行人也是有規則的，在台灣解釋紅綠燈時，我們向孩子說，即使是綠燈也是要看車子，這樣過馬路才安全，但是我們去綠湖小學的十分鐘路程裡，雖然要經過幾個路口，卻沒有一個紅綠燈，所以沿路向孩子解釋STOP的交通標誌。記得，第一次到美國，和高老師及東海大學的一群朋友，租了兩輛車，前面的車子一走，後面的車子跟著走，馬上引起其他車輛的抗議。台灣雖然也有「停」的標誌（說明也是「停車再開」），但是似乎不太發生作用，沒有駕駛員在「停」的交通標誌前，完全停下來，眞如此做，後面的車可能會撞上來，或開口罵你。在這裡，一定要完全停下，才可再開，如果是各車道都有停的標誌，則各車道的來車都需要停車再開，如果同時到達路口，則以右邊的車輛先行。行人穿越，也是要看自己到達路口的時間，不能一路走下去。雖然，多數的駕駛人，會客氣地點頭或揮手，請你先行。

我想這裡牽涉到一個美國社會的公平意識，就是先到先行。誰先到路口，誰就有權力先行。在銀行、在郵局，甚至是上廁所，這種原則也一體適用，通常這種排隊都是所有人排成一行，例如郵局有十個服務窗口，哪一個窗口有空，排第一的人就到這個窗口。不會因爲同時排成十行，有些快有些慢，碰運氣的性質很濃。這種概念相近於最近在台灣的郵局所實施的依照取號順序服務的制度。

通常即使在不是排成一行的場所，如在雜貨店結帳時，會排成好幾排，有些是因爲購買的東西的多少而分開排隊，例如買十樣以下的窗口，買十五項以下的窗口，如果新開一個結帳的窗口，店員也一定會請排在前面的人到那個新開的窗口，所以他的權益並沒有受損，不像在台灣，如果新開一個結帳的窗口時，可能是一大群人擠過去，誰先擠到前面，誰就有機會先得到服務。

提到排隊服務，最不同的是第二個人會離正在櫃檯辦事的人一小段距離，其實出國的人都知道像在機場通關的時候，有一條紅線，上面有一排字，請你站在這裡等候服務。所不同的是，在國外的郵局、銀行的排隊都是這樣的。不像以前我們的郵局櫃檯，排隊時，人和人要前胸貼著後背地在排隊，一有空隙，就有人插進來，就像在高速公路開車一樣，只要你一留出安全距離，就立刻有車子插進來。在台灣，通常在櫃檯辦事，輪到你和櫃檯的人員說話時，排在你後面的人，不但聽得到你在說什麼，甚至你還可以感覺到他們的呼吸。

如果有一套制度，使人們不必爭先恐後，那排起隊來多舒服，不必推擠、搶先、碰運氣，這使我不得不誇獎一下郵局最近實施的依取牌號的順序服務的措施。❷

❶有些地方，用黃牌黑字寫著「法律規定車輛要為穿越的行人停下來」。

❷通常美國的措施裡，對於需要特別處理的案件，或時間需要特別久的，都會另設窗口處理。對於

行動不方便的人，或老人，則另外有服務的安排。這種考慮的原則，就像是替行動不方便的人士在適當的地方設立停車位是一樣的。說到專門停車位，有一次旅行到德國，朋友介紹說他們那裡，有些比較安全或燈光比較亮的停車位，會保留給女性停車，果然上面有標示。覺得滿好的，希望有一天台灣也會這麼做。

八月十七日（星期二）

Wallace州立瀑布公園

Wallace州立瀑布公園在Everett東邊三十哩左右，在Snohomish縣的東邊，共有一千四百二十二．二二畝，沿著Wallace河和Wallace湖，共有長六千三百呎的清水河岸。公園附近有一個地方，叫做Gold Bar，以前有許多從中國來的鐵路工人，在這裡淘金。公園的露營、慢跑、釣魚、腳踏車、烤肉等設施完善，也有容納可住人、有廚房、有衛浴的休旅車的設施，這種休旅車可以在這兒接水、接電，清潔廁所的穢物。

這個公園在西雅圖當地也算是重要的公園，在電話簿的黃頁上面還可以看到瀑布的照片。孩子們在這次的夏令營活動，已經來了第二次了，今天他們最高興的是他們爬到了山頂，似乎眞有那種征服的口氣。除了爬山遠足以外，他們還在河邊戲水，今天天氣一掃前幾天的陰霾，暖陽乍放，孩子們玩得不亦樂乎，唯一擔心的是他們的好朋友Amy

星期四就要去夏威夷，需要離開營隊，有些離情依依。

零錢與浪人

在西雅圖、在波士頓，許多公共場所的出入口，都可以看到無家可住的人向你要零錢，推銷他們的雜誌：*Real Change: Newspaper for the Poor and Homeless*。記得第一次到美國，走在紐約的街頭，有一些身材高大的黑人，拿著可樂杯子向你要錢，還眞是有點困惑又有點害怕，害怕的當然是因爲社會學教科書裡，早把犯罪、社會問題和黑人連在一起，我聽過有些從台灣來的朋友，他們甚至在戲院裡都要換位置，不要坐在黑人的旁邊（其實對黑人的這種刻板印象未必是對的）；困惑的是，在我們的社會裡，向路人要錢，不論眞假，一定要打扮得很可憐，或者髒兮兮的，看起來就是很可憐的樣子。他們外表看起來，身材魁梧的也不少，人們如何願意給錢？也正是因爲是國人有這樣的觀念，報紙上盛傳有些人的小孩失蹤，可能被弄得殘廢或不能言語，一定要越可憐越好，然後被送到菜市場、天橋去乞討，或販賣拜拜的香。有人指出，幕後可能有集團在控制，但是似乎沒有人眞正深入這些幕後，例如是否眞的有人用轎車載他們到市場來，又是誰把他載走，他們眞正的生活怎樣？我們知道得很少。

不知何時開始，有許多無家的浪人不只向你要零錢，還推銷他們的報紙。例如在哈佛廣場、在地鐵的出入口、在大學的書店門口，有時是在稍微大型的雜貨店門口，經常可以見到他們的蹤影。我有一位朋友說，他們對社會是有貢獻的，因爲晚上他們睡在街上，可以讓社會變得更安全，可以減少犯罪率。在國外好像有學者或記者做過研究，自己親自去過那種生活，據說其收入比他原來的職業還要好。

八月十八日（星期三）

溜滑輪

計畫表裡寫的是，今天要到Shoreline YMCA去爬牆，注意事項中還說明，不要穿腳趾頭前面有開口的鞋子。但是實際上，好像沒有去爬牆，也沒有爬山，雖然孩子都離開了綠湖小學，但是只到另外一個公園玩，然後就是溜滑輪，溜的不是最近流行的那種直排輪，而是四個輪子的那種，像台灣的溜冰場所用的溜冰鞋。也許是已經溜慣了直排輪，孩子都覺得，比較沒有那麼順，因爲四個輪子都要著地，可想而知。

今天從營隊回來以後又去圖書館，估計這次在西雅圖停留期間，每個孩子所借的書，大約百本，當然不見得全部看完或看懂，有些可能只有很少的文字。但是有些也只有很少的插圖，像Sue最近看一系列和一隻小馬有關的故事書，一本書就只有三、四張插圖。不敢說全都看得懂，但是孩子可以繼續看得下去，就可以了，唸中文書，不也是這樣嗎！有許多字詞的意義，不一定要解釋名詞般的學習，在閱讀的脈絡中去詮釋、去了解，也是重要的。

陰森的房子

用spooky來描寫我現在的住家，會把這漂亮的房子，說得有點陰森森的。不過事情確實是如此，剛來的時候，不太適應，現在已經好多了，不過還不敢和孩子講。在我們每天去營隊參加活動的時候，一跨過公寓前的那條街，有一個鋪著地毯的階梯。每次經過那裡，Max總是要繞上去又跑下來，我總是希望他不要這樣做。他每次都問我爲什麼？他不解何以在別處好像也沒有問題，在這裡卻不行。我總是說，回台灣時在飛機上的時候才告訴你。

我不告訴他，有爲我自己的理由，也有爲孩子的理由。兩個孩子每次關燈睡覺時，都會互相嚇對方說「鬼來了」，然後自己也怕得要死。我們這兩個月在綠湖畔所住的臥房有一間更衣室（就是很大的衣櫥，人可以進去裡面換衣服），晚上如果沒有關門，看起來裡面黑黑的，他們就不敢睡覺。所以如果我現在告訴他說，我們隔街對窗的這一間建築就是殯儀館，也就是附近如果有人死去，可能都會在這裡有儀式或什麼的，那麼晚上睡覺，就更難安撫了。還好，兩個孩子都不知道funeral home到底是一個什麼樣的意思。

其實不只是怕小孩會害怕，連我自己也不太能適應，記得第一次小孩出外去露營時，有一個晚上不在，另一晚我就不敢熄燈睡覺，第二次，我有意熬夜到比較晚一點才睡，希望一上床就睡著，還好，結果平安無事。

我沒對孩子說明，孩子就不知道嗎？我們在這裡住了快了兩個月了。這就牽涉到不同的文化了，記得孟母三遷的故事裡頭，敘述到其中有一次住在殯儀館旁邊，孟子年紀小，也學習敲敲打打的動作，孟母於是決定另外尋覓理想的住宅環境。但是，奇怪的是，在這裡這麼久，不論是白天或晚上，從來沒有聽過像台灣那樣的音樂、人潮或室外有什麼活動或哭泣聲。如果我也不懂funeral這個字，完全無法從觀察到的事情，來判斷這是一個什麼地方，所以我想如果孟母住在這裡，大概也不會再遷徙了。

詳細觀察了一下附近的住宅和商店，並無異樣，也沒有經營和喪葬儀式有關的店。在殯儀館的對面有兩棟建築、三家住家（我們是其中一家，在二樓）、一間旅行社、一間健身房。另外一邊的隔街是一個洗衣店、墨西哥餐廳、合氣道道場、新娘禮服店，還有一所Ashmead College、化粧品店。隔著這個殯儀館的右邊是一家舊書店，然後是另外一間健身房，再過去是餐廳、咖啡廳。另外左邊隔鄰，依序是一間旅館，然後是一間運動衣服店，再來是一家麵店，再過來是咖啡店。完全沒有受殯儀館的影響。

這不是第一次的經驗了。一九九〇年，初到加州的Davis時，我住在一間兩房一廳的雙拼房子裡。這是和一位歷史系的教授轉租來的。房東就住在隔壁，這位教授這一年正好到英國去訪問，他留下所有正在使用的東西，甚至包括幾乎半滿的冰箱食物。在說明房子的各項東西與使用的時候，在書房的架子上面，有一個罐子。他說，這是他日本太太的媽媽的骨灰，他丈母娘往生之後的骨灰，分別由小孩子分一些，帶在身邊做紀念。我剛住進去的時候，我家人還沒有過來，晚上住起來，相當不自在，記得從觀音廟求來的靈符，幫我解決了許多心理的不安。

這個罈子，一年都不敢去碰它，不敢去移動它，甚至是去替它清除灰塵。相同的，關於這個骨罈的故事，也是不敢告訴內人和小孩，一直到回到台灣以後才提起。如果知道的話，那麼這房間多少都有一些陰森森的。如果可以選擇，我寧可不知道。

八月十九日（星期四）

Pilchuck 山

網站上，可以查到一個Pilchuck山州立公園，它有一條鐵路，在礦場結束後，用於伐木使用，伐木業沒落之後，則用來載觀光客。這個公園適合遠足爬山，觀賞風景。

校車把營隊的小孩載來這裡之後，有些比較會走的小孩，就先爬山去了，他們在山上吃午餐，這就是Max的那一組，比較不會走的，就慢慢走在後面，有幾位女孩，走到還不到一半的路，就不想再走了，輔導員也沒有為難她們，稍做休息，她們就回頭往校車回去了，Sue就是在這一群裡。

Sue說，她們幾個都跌到水裡面，輔導員還來拉她們起來。她們回去校車吃午餐，在附近玩水，等大家回來。Max則說，登山很難，下山的時候很快樂，山上有一個湖，孩子都弄得髒兮兮的，晚上他們都說想要早點睡覺，我想他們都累了。

舊貨店

從營隊回來，順便去舊貨店，Sue找到幾件可以穿的衣服，回來後發現，有兩件是全新的，原來的商標都還沒有剪掉。有這種充分使用社會資源的地方，還眞的不錯，這是我們在西雅圖第二次來，上一次來買了好幾件T恤，孩子也還喜歡。在大學書店買的T恤，都是當禮物送給朋友的。

八月二十日（星期五）

Discovery公園

營隊今天載小孩來Discovery公園，這個公園在Queen Ann Hill的西北邊，基本上還是在同一個島上，面臨Shilshole海灣，占地很大，共有五百三十四畝，是西雅圖最大的公園。可以欣賞Puget Sound海邊風景，也可遠眺綿延的Cascade和Olympic山脊。是個提供遠離城市喧譁與緊張的好地方，野生生物的天堂，也是學習自然世界的戶外教學的好場所，公園維持一種半自然的狀態。

這個公園也承辦一些白天的營隊，每天在公園的不同的地方活動，可以玩、遠足或探險。透過實際的團體活動、放風箏和技能，小孩可以了解許多在公園裡的動物和植物。但是Sue和Max都說，今天坐車坐了好久，只是在一個小小的公園裡面玩，和一般的公園沒有什麼兩樣，就是一些遊戲場的設施，但比較多、比較大，他們玩得很高興，

華盛頓大學人類學系館

Max轉輪胎，轉到暈眩嘔吐。只有在這裡玩，但是他們都很高興，吃完午餐，又坐車回來綠湖小學。

台灣歷史與文化研討會

今天和明天，在華大的人類系Denny Hall 401有一個台灣歷史與文化的研討會，這是第四屆了。主題是「差異的政治」，內容有當代文學、原住民議題與認同的形成、性別政治、現在社會中的混亂與重置，議題都滿新的。

會議中見到七、八位朋友，有從奧斯丁來的，從波士頓來的，有一位是十二年前在清大的訪問學者，有些是去年在德州開會時所認識的一些年輕的台灣留學生。看到年輕一代的社會科學學生的成果，其實也是看到台灣社會科學的前途。這方面是很好的，只可惜最近幾年，台灣出國留學的人數開始下降，有人說，因爲台灣的經濟環境已經很好，所以獎學金不容易給台灣的申請人，很多台灣留學生到了美國就買房子，買全新的汽車（我想只有一些觀察是對的，台灣很多人無法做到這樣）。但是，一些國外研究所教授的說法卻不是這樣，他們說是台灣學生的托福分數不夠高，很難和中國大陸來的申請人競爭。

其實台灣的畢業生出國意願也可能降低，記得有一次和清大化學系的教授討論到學生出國的狀況，我們發現，現在許多年輕學生的志願不是出國進修，而是到科學園區去工作。年輕人，算一下出國進修的投資報酬率，再算一下到園區工作的薪水，還有各種可能的股票什麼的。出國很辛苦，回國後不一定有理想的工作，就算在大學找到教職，薪水也只夠溫飽。我們算過一位新科博士，如果有兩個小孩，配偶沒有工作，從美國取得學位，到台北一所國立大學教書，他的薪水（如果沒有儲蓄、外快）其實不太夠生活所需的開銷。這也可能是台灣年輕一代，不再以出國留學爲優先志願的原因。

記得有人提過這個預測，再過幾年在美國，中國大陸來美國的學生和台灣來的學生，在比率上會越來越懸殊，尤其是，大陸來的學生，畢業以後留在美國的意願比較高，台灣的學生則是一畢業就回台灣找工作。長此以往，在美國的一些漢學相關的位置，將多數由大陸來的學者所擔任，其他領域中台灣來的學者也會相對較少。當然，其影響也是可以預知的。

會議的主辦人是清大社人所早期的畢業生，在華大已經五年。看到自己研究所的畢業生，能獨力負責召開一個會，覺得很棒。

八月廿一日（星期六）

不一樣的星期六

今天是今夏在西雅圖的最後一個星期六。Max的中文字也是沒有什麼進度，其實Max也知道這個星期六的重要性。用欠債的方式，在功課進度不太夠的情形下，十點就出去玩了。雖然，原來也是計畫要讓小孩輕鬆一下，不過還是想讓他們知道先做好功課才可以玩的原則還是在的。

在「北門購物中心」先拿了一張十吋的免費照片，同時另外選了一張五吋的，這張付了美金十二元。在「奇妙的自然」這個店買了一些科學性的玩具，又給Sue買了衣服和褲子，孩子就是長大得很快，衣服一直不夠大。在「關掉你家的電視」這個店裡，買了他們在營隊裡常玩的遊戲。在Space Needle下面買了T恤和風景明信片。今天買了特別多東西，要回去以前通常都會有這些動作，何況，這個暑假，也幾乎沒有買什麼東

西雅圖中心的快活林

西。

孩子感到不一樣的地方，應該是在外面吃飯，中午和晚餐都在外面吃飯，這和過去幾次外出，都是自己帶中飯、點心不一樣，也是想讓孩子有一些新的體驗。最不一樣的是，在「西雅圖中心」的「快活林」玩了很久，Tornado、Music Express、Orbiter、Wild River、Pirate Ship都玩了，還有兩個地方因爲要身高高一些才可以玩，所以沒去玩，不過兩個孩子已經各自用去二十六張票。

離開「快活林」，本來要到上次營隊帶他們來玩的地方玩水，後來還是去了「音樂噴泉」，今天Sue和Max都是有備而來，

Sue還換上了泳衣，Max已帶了另一套衣服，兩個都帶了大毛巾。玩過癮了，還去中心的商店吃冰淇淋、棉花糖。這些都是過去沒有的待遇，Max在路上一直說，沒想到今天這麼快活，其實要讓小孩愉悅並不困難，大人有時確實有些彆扭，明明要讓小孩愉快，還希望有點什麼教育性之類的。

最可惜的還是沒有圖書館了

最後一個週末了，有些地方總覺得要珍惜，多去看看，所以決定多讓他們走走。但是也有一些是帶不走的，圖書館將會是孩子最懷念的。記得兩年前離開麻州康橋時，也有這種不捨。一個社區，如果有好的兒童圖書館、大人的圖書館，有許多書香活動，知性的、感性的，那該有多好。我們在大學任教的人，多少要比一般人容易得多，可以使用學校的圖書、視聽材料。但是，沒有一個好的社區兒童圖書館，仍然是我最失落的地方。

碼頭邊的雕像

八月廿二日（星期日）

水族館

吃過中飯後，坐車到Waterfront公園，十六路公車到這裡是終點站。前後共約花去五十分鐘的坐車時間。這個公園在地圖上也是漆上綠色的顏色，其實一點綠意也沒有，它由五十七至六十號碼頭共同組成。其中西雅圖水族館和Omnidome劇院在五十九號碼頭，水族館是今天的重點。

孩子們在上個月的二十日來過，其實像這種有教育性質的地方，並非到此一遊就好了。許多類似的地方都設有一種會員制度，成爲會員或買年票之後，可以經常來，所以這也是小孩週末常去的地方，我看到一些小孩帶著筆記本，有些抄寫著說明，有些把看到的魚畫到自己的筆記本上面。在台灣的自然科學博物館，我也看過相同的情形。這些都是小孩可以重複來的知識性的地方。

水族館共分兩棟建築，第一棟比較接近傳統的水族館，是一個一個的水族箱，不過相當的大，而且看起來許多的水都是流通的。各色魚兒，有些奇形怪狀，有些顏色豔麗，尤其是熱帶魚，我終於了解不只是熱帶地區的人喜歡穿著顏色豔麗的衣服，熱帶的魚兒也是豔光四射，想必有許多服裝設計師或工作與色彩有關的人士，在牠們的身上得到啓發。記得多年前我們與文里兩家人一起去峇里島旅行，發現當地的畫和所賣的藝術品，顏色都很鮮豔。後來有一次旅行到德國的Bielefeld大學，發現這裡的冬天，人們多數穿著素色的衣服。在美國的新英格蘭，我發現哈佛大學校園，即使是女性也是很少穿著紅色甚至淡色的大衣，黑色、深色系成爲多數人的選擇，據了解與保暖有關，❶原來氣候與顏色有這樣的關係。

Sue和Max各自抄寫了一些魚類的名字，我們難免也照了許多的照片，正好最近購買的數位相機有四百度的設備，在許多地方都能照得起來，其實在這種光線不夠的地方，最好的工具該是攝影機。孩子因爲已經來過一次，所以能當小小的嚮導，說哪裡有水母，哪裡有會發光的魚，哪裡有最大的海星等等，雖然不是第一次來，仍然非常喜歡，尤其是在那些觸摸區，對於能夠眞正的碰觸，感到非常的興奮。

對於初次來參觀的我，印像最深刻的是第二館。一進入第二館，就是一個海灘，和背景的大樓形成強烈的對比。再進去是那些海潮，透過玻璃，可以看到許多平時不易看到的海裡景觀。然後是蓋在水底的圓頂觀景窗，在這裡可以看到許多魚類游來游去，很多人坐在那裡欣賞，久久不肯離去。一點半是餵食的時間，上面有標示，上回小孩要來的時候，特別安排在這個時候來，可以看到潛水夫在水裡餵魚的情形，也是一個看點。

過了圓頂水族館，其中有一個地方擺了一大堆潛水的裝備供遊客穿，多數是小孩的尺寸，有許多孩子在這裡逗留很久，試試看穿著蛙鞋怎麼走路？水族館上層，是人造的森林小溝渠和瀑布，有許多可以看，和小孩可以玩的地方。

不能免俗的，有書籍、禮品、貼紙、T恤，我們也花了一些錢。

馬車

從水族館出來，已經五點，還是艷陽高照，正是人潮擁擠的時候。有一些馬車夫（其實多數是女性，不知如何稱呼）正在招呼生意。兩個孩子躍躍欲試，尤其是Sue在今天出發前就提出她的這個希望，因爲她最近在看Pony Pals的書，一系列的好幾本，還說她要一隻馬當她的寵物，這都是書上學來的，因爲其中一本書名就是《我要一隻小馬》。對我們來說，這眞是美國人的故事書，台灣人哪有可能給小孩買一隻馬當寵物，即使有錢，也沒聽過有這種事。

坐一次馬車半小時，三十五元美金，當然是不便宜，多少次有這樣的機會，都沒有坐。在紐約的中央公園旁，在波士頓的Market Place，甚至還有媽媽在，都沒有一次答應去坐馬車。不過這次，Sue既然讀了一些和馬相關的書，例如她在書上讀到馬的眼睛旁邊的遮蓋（eye blinder），好像是爲了不讓馬的餘光看到後面的東西而受驚嚇，這些馬只看前方，這些都是我以前也不知道的事，也算是一種鼓勵吧，最後一個週末，總是有許多例外。果然，Sue最高興，她在馬車上，不斷地問駕駛馬車的女士一些關於馬的問題。

馬車經過Pioneer廣場公園，沿路還順帶說明一些歷史，這個地方上回已經和開雲、彩滿一起走過，並不陌生。通常，馬車旅遊的生意，也是在這種歷史古蹟的地方較多。

今天是Sue和Max最高興的一天，因爲今天去了麥當勞、水族館、坐馬車，然後又各自買了冰淇淋和棉花糖。有時讓小孩享受一下平日沒有的經驗，也是很有意義的。

❶小學課本有一課提到：太陽下，一塊深色和一塊淺色的布蓋在雪上，結果深色布下面的雪融化得比較快，證明深色吸熱比淺色快。沒想到小學時就學了這麼高深的道理。

歡樂之週

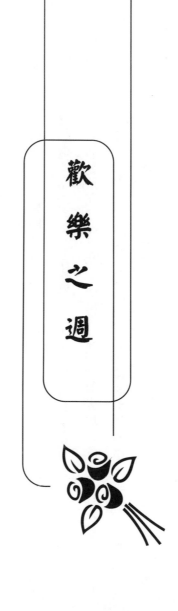

八月廿三日（星期一）

歡樂之週

「歡樂」、「驚奇」、「暑期最後一週的歡樂」等，都是今年夏令營最後一週的廣告詞。雖然廣告說詞很迷人，但是其實接近尾聲了，感覺有點後繼無力。今天，如同往常的星期一，主要的活動是在綠湖小學，然後到綠湖沙灘去玩。今天是打水仗（水槍禁用），有很多小孩都喜歡打水仗。我記得松山有個學校的畢業典禮，設計了打水仗、丟水球的活動。清大社會學研究所這些大小孩，也在所裡的活動中設計過丟水球的遊戲。Max和Sue顯然也參與在其中，回來的時候，都換了衣服。

客家菜館

中午和Gary在Aurora大道旁的一家東江樓吃中飯。Gary說這是他所能找到的唯一的客家菜館。

我們停了車從後門進去，一股發霉的味道，大概已經說明了這家飯館的一切。我猜想這也是一個家庭式經營的餐館，由老闆娘來點菜。眞佩服這些人能同時說好幾種語言，他們私下用閩南話交談，但是和客人說廣東話、客家話，當然也說國語和英文。一個人要能生存，還眞是需要具備一些生存的能力。

菜單上什麼都有，但這也大概說明了這家店不會有什麼特色，我們請老闆娘推薦了兩道客家菜，果然和理想有很大的距離。其實開一個餐館，不一定要樣樣都有，有些只有牛小排，那就牛小排，有人想吃牛小排，那他們就來這一家，這樣就夠了。客人不可能想吃任何菜，都來這裡。什麼都提供，不但沒有特色，反而失去競爭力。例如，Gary說他們這一家的麵很好，他每次來就是來吃麵。

八月廿四日（星期二）

看球賽

今天早上，孩子的活動是到球場去看球賽，也許因爲不認識球員，也沒有自己所屬意的隊伍，或者還不知道規則。所以，營隊認爲最令人快樂的設計，兩個小孩卻覺得相當的無聊，只是去球場多了一些經驗和觀察。

送別的晚餐

今天晚上我和兩個小孩到友人偉強家裡去吃晚飯。從六十五街一路開到底，偉強他們住在華大的學生宿舍區，雙併的房子，三個臥房，外面有很大的空地，還有設備不錯的遊樂設施。我問了一下價錢，他說近年來都在調漲，現在是一個月六百五十元美金，我想比外面起碼便宜一半。

在台灣，基本上沒有假定讀書的學生會結婚生子，所以幾乎沒有聽說有什麼學校提供學生家庭式的宿舍，如果有人結了婚，那就只好搬出去外面租房子。記得在Davis的時候，有許多朋友，結婚的都住在學校的宿舍，未婚的都在外面租房子，他們說，學校的宿舍都是給已婚的人住的。這實在是不一樣的思考邏輯。偉強他們在這裡已經住了五年，屋子裡樓上樓下都堆滿了書，連廚房裡都放了電腦。我想，搬家一定很麻煩。

偉強專長在政治社會學、經濟社會學，與歷史比較方法方面，目前正在從社會學的角度寫中國公司制度的發展，也對公、私領域的辯論與市民社會在中國的構想有許多意見。他對於經濟社會學裡的一些概念相當熟悉，最有趣的是他完成了一篇關於中國社會的關係邏輯的文章，我們大約交談了一下，發現興趣非常相近，他也關心社會邏輯與經濟邏輯之間的關係，這正好是我近年所要進行的研究議題，以後又多了一個可以交換意見的朋友。

我們到達時，他們的兩個小孩都已經吃飽，這實在也是一個好方法，小孩還小的時候，客人來又要照顧他們的吃，眞的忙不過來。Max和Sue吃飯的時候，對食物稱讚不已，說偉強的太太碧蓮煮的東西很好吃。他們都是由衷的，這也說明了這兩個月來我的煮飯成績，不太及格。碧蓮向小孩說，你們也應該要給爸爸一些鼓勵，他們也許不是很懂。小孩子只知道東西好不好吃。碧蓮在教中文，對於小孩學語文頗有心得，兩個小孩Christina和Daniel都能說中文。她對於暑期的一些語文學習，有些構想。竹師的簡教授也提過類似的小孩子暑期語言學習的想法，也許可以介紹她們之間多談談，希望計畫成真。

八月廿五日（星期三）

各種運動

YMCA向綠湖小學租借的場地已經到期，學校已準備要開學，所以今天的活動已經移到Woodland公園的一個據點去。

我們繞著綠湖，走到這個公園，約略花去四十分鐘腳程，孩子大概已經累了，因爲是早上，希望他們不要還沒有到營地，就用完了體力，所以我還輪流替兩個小孩背背包。營隊的活動就是在公園裡打球、運動，小孩似乎並不覺得好玩。下午，他們又走回來綠湖畔戲水，已經很接近我們的住家了，三點半時，沒有再回營地去，就直接回家了。

脫鞋與塵土

在加州的時候，因為有小孩同住，一開始時房東太太很擔心她的地毯會一團糟，後來她發現我們脫鞋進屋裡，還在桌腳墊紙片（這樣地毯不會有一個印痕），對我們非常的好，常請我們去她家，我想她認為我們把她的家當自己的家照顧。在這裡，從加拿大來看房子的房東，發現我們脫鞋進屋，也非常的高興，他們認為我們非常照顧他的房子。他們住在閣樓的那幾天，小孩常去找他家的小狗莉莉玩。脫鞋，其實也是一種文化，就是不替房東想，我們也會脫鞋，既然脫了鞋，就會勤勞地吸地毯，把屋內整理得乾淨。❶

一般美國人他們進屋內並不脫鞋。我想有他們的文化，也有他們的環境條件。第一，氣候適合，乾燥的氣候比較合適用地毯；第二，灰塵很少，空氣中或馬路上塵土很少，走在那裡的鞋子，其實滿乾淨的，因此不會因為穿著鞋進屋內，而把屋內弄髒。也可能是這樣，所以在美國常看到工人在樹底下、草地上吹葉子，用機器把葉子吹到一個角落，再裝在袋子裡。馬路上，塵土極少。

說到馬路上的塵土多或少，絕不是氣候的關係，多數是人為。我們已經習以為常地認為，只要是施工就必然有塵土，只要有卡車，就有塵土。我在Davis看過他們早上在草坪上施工挖一條溝，下午經過竟然看不出來，原來他們已經鋪上了一模一樣的草坪。馬路上施工所產生的塵土，經過清掃處理，並沒有塵土飛揚的情形。我也看過卡車從工地出來，先經過清洗，並沒有造成滿地落塵與污泥，所以並不是卡車就要骯髒，或髒到連車牌都看不到。在家裡施工，例如裝冷氣機，台灣的工人多數不會在他離開以前，把因為施工所產生的塵土加以清潔。塵土，我們好像習慣和它一起生活。

❶我們回台灣後還收到他們寄來的信，謝謝我們離開時把房子清理得清潔乾淨，另外還寄來小孩最喜歡的莉莉的照片，Sue和Max還煞有其事地寫信給這隻小狗。

八月廿六日（星期四）

第一次缺席

理論上今天是孩子們最後一天在營隊的活動。可是Max卻有點感冒，不舒服，Sue想到要走四十分鐘去營區，也不想去了，因此最後一天成爲第一次缺席。明天營隊所辦的家庭聚會，也無法參加，因爲我們明天就要飛回台灣了。

還好，Max沒有大問題，因此今天再去圖書館，那是最有意義的了。因此，下午除了把所有的書還清外，也在圖書館裡好好地把握最後停留的時光。兩個小孩都顯得依依不捨，沒有兒童圖書館的社會令人遺憾。

人可以生活得很簡單

這兩天，把行李打包，三個人四個行李箱，把一屋子該裝的都裝進去了，東西並不多。就這樣也過了兩個月，就像上次從哈佛回台灣一樣，我想台灣的家裡，還有一大堆東西，櫃子裡、箱子裡有許多記不得的東西，其實這些都是多餘的。人其實可以生活得很簡單，即使這幾個皮箱裡的東西，我想還是有許多是多餘的。

八月廿七日（星期五）

長途飛行

十一點半離開楓葉路住處，房東說只要把鑰匙放在廚房的桌子上就好。這幾天除了整理自己的行李，也把房子清掃了一遍，這是基本的工作。

二點半起飛，因為沒有好的位子，甚至三個人沒有在一起，Sue說她可以一個人自己和別人坐。她已經長大許多了，不再和弟弟爭。飛機到了日本，原來四點五十五分要飛的飛機，一直延後到七點半才飛，回到新竹已經深夜。

美國文化的建構

作為一個過客，回到台灣還是想念他們的圖書館，旅行時，每個城市都有的資訊中心、博物館。孩子和我都懷念學校的教育方式。中研院民族所的英海兄說過，觀光、圖書館、博物館、教育幾個環節是當代美國文化推廣的策略，有相當的見解。過去我們偶爾聽到有人說，美國是一個沒有文化的地方，實在是沒有常識的話，我目睹美國人重視文化的態度與做法。在這個多元民族的融合之處，她正努力地建構所謂美國的文化。

台大人類學系世忠兄說，美國文化的建構除了以上四大機制外，美國社會中的大小媒體、文化展演、節慶活動、歷史興趣、交通建設，都是美國認同的推瀾。

我沒討論美國文化的建構，小孩也不分析這些制度，我們只知道，他們有好的博物館、動物園、圖書館，有好的夏令營。Amy的媽媽問說，明年計畫如何？孩子說還要再來！

國家圖書館出版品預行編目資料

西雅圖夏令營手記 ： 一位父親的親子時間 ／ 張維安
著. -- 初版. -- 臺北市 ： 生智, 2000〔民89〕
面 ； 公分. -- （Fax系列 ； 5）

ISBN 957-818-133-7（平裝）

855 89005563

西雅圖夏令營手記
——一位父親的親子時間 Fax系列05

著　　者／張維安
出 版 者／生智文化事業有限公司
發 行 人／林新倫
總 編 輯／孟　樊
執行編輯／晏華璞
登 記 證／局版北市業字第677號
地　　址／台北市文山區溪洲街67號地下樓
電　　話／(02)2366-0309　2366-0313
傳　　眞／(02)2366-0310
E-mail／tn605547@ms6.tisnet.net.tw
網　　址／http://www.ycrc.com.tw
郵撥帳號／14534976
戶　　名／揚智文化事業股份有限公司
印　　刷／鼎易印刷事業股份有限公司
法律顧問／北辰著作權事務所　蕭雄淋律師
初版一刷／2000年7月
定　　價／新台幣240元
I S B N／957-818-133-7

北區總經銷／揚智文化事業股份有限公司
地　　址／台北市新生南路三段88號5樓之6
電　　話／(02)2366-0309　2366-0313
傳　　眞／(02)2366-0310
南區總經銷／昱泓圖書有限公司
地　　址／嘉義市通化四街45號
電　　話／(05)231-1949　231-1572
傳　　眞／(05)231-1002